作家的旅程
跟随文学巨匠去旅行

The
Writer's
Journey

In the Footsteps of the
Literary Greats

〔英〕特拉维斯·埃尔伯勒（Travis Elborough）著

仲文明 张思琳 译

中国出版集团

中译出版社

First published in 2022 by White Lion Publishing, an imprint of The Quarto Group.
Copyright © 2022 Quarto Publishing plc
Text ©2022 Travis Elborough
Photographs and illustrations © as listed on page 223 of the original book
Simplified Chinese Translation copyright ©2023 By China Translation &Publishing House
All Rights Reserved.
著作权合同登记号：图字01-2023-2078
审图号：GS京（2023）1739号

图书在版编目（CIP）数据

作家的旅程：跟随文学巨匠去旅行 /（英）特拉维
斯·埃尔伯勒 (Travis Elborough) 著；仲文明，张思
琳译. -- 北京：中译出版社，2023.9
　书名原文：The Writer's Journey:In the
Footsteps of the Literary Greats
　ISBN 978-7-5001-7452-3

Ⅰ.①作… Ⅱ.①特… ②仲… ③张… Ⅲ.①散文集
－英国－现代 Ⅳ.① I561.65

中国国家版本馆 CIP 数据核字 (2023) 第165962号

作家的旅程：跟随文学巨匠去旅行
ZUOJIA DE LÜCHENG: GENSUI WENXUE JUJIANG QU LÜXING

作　　者：〔英〕特拉维斯·埃尔伯勒
译　　者：仲文明 张思琳
出 版 人：乔卫兵
总 策 划：刘永淳
策划编辑：温晓芳 周晓宇
责任编辑：温晓芳
装帧设计：张珍珍

地　　址：北京市西城区新街口外大街 28 号普天德胜主楼四层
电　　话：（010）68002926
邮　　编：100088
电子邮箱：book@ctph.com.cn
网　　址：http://www.ctph.com.cn
印　　刷：北京利丰雅高长城印刷有限公司
经　　销：新华书店
规　　格：710 mm×1000 mm 1/16
印　　张：15
字　　数：270千字
版　　次：2023年10月第1版
印　　次：2023年10月第1次

ISBN 978-7-5001-7452-3　　定价 98.80元

中 译 出 版 社

序

法国文学理论家罗兰·巴特在《作家度假》[1]一文中深刻指出，不管是徜徉沙滩，还是漫游刚果，作家似乎永远都不可能辍笔。他写道："作家和凡人无异，也享受度假的快乐；但度假中的作家依旧是神圣的，如同路易十四，即便坐在便桶上，也还是那个太阳王。"如果大致将人生比作一场旅程，对于作家而言，旅途的经历无非提供了新鲜的写作素材。然而，生活场景的转换总是会让人灵感迸发，进而激发作家的创造性想象。不少杰作的问世往往与旅途大有关联：或是在游访之地有感而发；或是在去国怀乡之思中而书；或是在异国他乡为拥抱全新生活而作。正如本书所呈现的，皆为你我所希望读到的。

作家和诗人旅行，以创作为目的者居多，本书所述多属此列。不仅如此，作家登山临水、游历涉远后，其后续创作往往翻陈出新、别开生面。有时，旅行会彻底改变作家的写作生涯。有时，旅行直接孕育作家的诞生；置身异域风光，邂逅不同的人，领略陌生的交通、习俗、饮食、天气、虫兽、咖啡厅、酒馆和旅店，都为作家提供了第一手素材和丰富的回忆，益于日后挖掘取材，形诸笔墨。客居异乡，作家还能获得写作所需的时间、距离和空间，结识友善的当地居民和志趣相投、热爱文艺的外国侨民。

与几百年前相比，在当今数字联通的全球化时代，周游世界要便利许多，想体验异国风光、他乡之声和外域美食并非难事。以前，旅行的条件十分艰苦，费用高昂，危险重重，当地居民和旅店掌柜说不定还心怀歹意。蒸汽机和内燃机出现以前，跨海过江全靠木船，航行安全庶乎蒙天垂怜，时常面临失事危险（好几位作家与船难擦肩而过）。作家出游还常常苦

---

[1] 《作家度假》（"The Writer on Holiday"）收录于罗兰·巴特的著作《神话修辞术》（*Mythologies*）中。——译者注

于疾病的困扰，壮游❶古迹时甚至有可能感染霍乱或疟疾。本书中一位热衷旅行的作家就因感染痢疾去世，令人扼腕。

　　本书谈及的部分作家，豪勇纵游地图绘制不详、人迹罕至之处，甚至探险未知地带。有的作家旨趣迥异，如几位收入颇丰的畅销书作家，出行只坐头等舱，在船上与船长同桌就餐，下船后光顾最好的餐馆，下榻途中最豪华的酒店。毫不夸张地说，一些作家笔下所到之处，往往引来大量读者跟随自己或书中角色的足迹，这些地方也因此成为旅游胜地，毕竟，慕名而来的旅客，无不想找到心仪之作家作品提及的名胜之地，以及他们笔耕名著时常驻足之处。

　　归根结底，本书亦可算地图册，远近之所，邂逅之处，凡激荡作家文思之地，无不

一一列出，以彰作家跋涉之辛，以显生情之景。我与绘图师将作家旅迹勾勒纸上，并逐一标出沿途地名。标绘作家的游迹不算难事，背后的故事却不易说尽；本书呈现的作家之旅，对作家的个人生活和文学创作都产生了深远影响。希望透过作家的旅程的故事，你能享受旅途，获得与抵达终点时一样的快乐。

---

❶　17—19 世纪兴盛于欧洲的游学活动，以增长见闻、提高文化素养为目的，具有积极的教育意义。——译者注

目　录
Contents

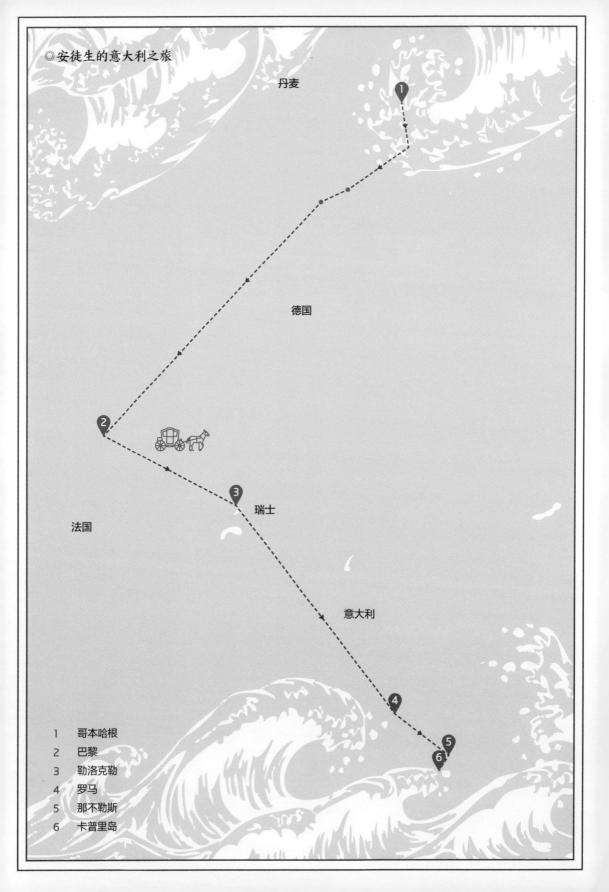

◎安徒生的意大利之旅

丹麦

德国

法国

瑞士

意大利

1　哥本哈根
2　巴黎
3　勒洛克勒
4　罗马
5　那不勒斯
6　卡普里岛

汉斯·克里斯汀·安徒生：

··········· 在意大利成为小说家

汉斯·克里斯汀·安徒生（1805—1875）私生子出身，其貌不扬，父亲是爱读书的鞋匠，母亲是洗衣工，几乎目不识丁。安徒生十一岁时，父亲便撒手人寰。终其一生，安徒生都对底层百姓充满同情。很多人笑他身材矮小，言行举止缺乏阳刚之气。他从小就被送到纺织厂做学徒，到烟草厂卖苦力，减轻寡母养家的负担。母亲改嫁后，安徒生进入故乡欧登塞的一所慈善学校念书，不用再低声下气地做苦工。安徒生不甘留在贫困偏僻的家乡终老，于是在1828年启程到哥本哈根旅行，其间获得资助，进入哥本哈根大学进修。一年后，还在上学的安徒生效仿德国浪漫主义作家E.T.A.霍夫曼❶，出版了一部幻想小说，随后迎来文学事业的第一次高峰，并开始为剧院撰写剧本。

1831年，安徒生到德国旅行，增长见闻。两年后，他得到富庶书迷的资助，再次漫游欧洲。此次远行大抵都在意大利境内，约翰·沃尔夫冈·冯·歌德的《意大利游记》和当时斯塔尔夫人❷脍炙人口的小说《科琳娜》（又名《意大利》），让安徒生一直对意大利心驰神往。

1833年4月22日，安徒生离开哥本哈根，次年8月3日才归来。旅行第一站是巴黎，他周游巴黎三个月，第一次遇见维克多·雨果。1833年8月15日，安徒生前往瑞士勒洛克勒游历三周。勒洛克勒与法国隔山相望，后来安徒生将这里的山色写入著名童话《冰姑娘》中。9月19日，安徒生抵达意大利，10月18日抵达罗马，一直待到次年2月12日。

可以说，罗马改变了安徒生的人生轨迹。罗马城里的古神庙和洛可可式的天主教堂随处可见，对其间风土人情感触颇深的安徒生开始创作首部小说《即兴诗人》。这部半自传性质的成长小说，讲述了主人公安东尼奥从一贫

❶ 全名恩斯特·特奥多尔·阿马多伊斯·霍夫曼（Ernst Theodor Amadeus Hoffmann，1776—1822）。——译者注

❷ 法国浪漫主义文学先驱（1766—1817）。——译者注

如洗到艺术事业有成、收获幸福的故事，是安徒生早期享誉文坛的奠基之作。小说有一处细节意味深长：安东尼奥是一位家境贫寒的罗马歌手，出生在巴尔贝里尼广场❶与费利切街交会处的拐角，可以望见吉安·洛伦佐·贝尔尼尼❷设计的特里同喷泉❸。

安徒生将罗马的西班牙大台阶❹和斗兽场等景点都融入小说情节中。譬如，小安东尼奥初遇背着吉他的即兴诗人（街头表演家），正是在特雷维喷泉❺。卡比托利欧山❻最高峰矗立着天坛圣母堂❼，里面摆满圣像，九岁的安东尼奥机缘巧合，来到这里展露歌唱天赋。1833年12月27日，安徒生和另一位旅意丹麦作家亨里克·赫兹曾一道游览这座教堂。

1834年，安徒生与赫兹南下，2月16日抵达那不勒斯。大街上水手、歌手、赌牌老千、皮条客和娼妓摩肩擦踵，热情堕落的氛围似乎

即刻点燃了赫兹的情欲。安徒生在19日的日记中写道，皮条客过来搭讪，推销妩媚动人的小姐，"此处的风气让我血脉偾张，内心汹涌澎湃，好在克制了下来"。而赫兹显然逃不过那不勒斯的诱惑。

那不勒斯东海岸的维苏威火山，也引起了安徒生和赫兹的强烈兴趣。刚到那不勒斯的几天，火山便在某个夜里喷发，安徒生写道："突然之间……一阵奇怪的声响震彻云霄，好像几扇门猛地关上，充满神秘的力量。"安徒生赶紧跑到附近的广场，想弄清楚究竟怎么一回事，随后又攀上山峰，仔细观察火山口。附近的赫库兰尼姆古城和庞贝古城遗址❽给他留下了深刻印象，这些名胜古迹也与那不勒斯和维苏威火山一同出现在《即兴诗人》里。书中安东尼奥兴致勃勃地游览两座古城，这或许充分映射了安徒生本人的愿望和经历。

小说中，安东尼奥在圣卡罗剧院❾用一场表演征服观众。2月23日，安徒生也曾到访圣

❶ 罗马市中心的一个大型广场，始建于 16 世纪。——译者注
❷ 17 世纪意大利著名的雕塑家和建筑师（1598—1680），创造了巴洛克风格雕塑。——译者注
❸ 位于巴尔贝里尼广场南端，建于 17 世纪，喷泉中心的雕塑是古希腊神话海神特里同。——译者注
❹ 欧洲最长的巨型阶梯，1723 年至 1725 年间建成——译者注
❺ 罗马最大的巴洛克式喷泉，1762 年完工。——译者注
❻ 古罗马七座山丘中最高的一座，罗马的宗教与历史中心。——译者注
❼ 罗马天主教的一座宗座圣殿，建于 6 世纪。——译者注

❽ 公元 79 年，维苏威火山喷发，两座古城被埋在火山灰下，后经考古挖掘成为旅游胜地。——译者注
❾ 位于那不勒斯，世界上最古老且仍在使用的歌剧院之一，于 1737 年开放。——译者注

▶ 上图：罗马
▶ 下图：水彩画，卡普里岛蓝洞，雅各布·阿尔特约1835年绘

卡罗剧院，观看同时驾驭高低音的传奇女歌手玛丽亚·马利夫兰❶的表演，她在温琴佐·贝利尼❷的歌剧《诺尔玛》中饰演主角，安徒生看得如痴如醉。受布朗的启发，他塑造了安东尼奥的初恋安农齐亚塔一角。

事实上，还有一处景点对《即兴诗人》的创作十分重要。在小说末尾的情节中，安徒生让安东尼奥重访卡普里岛蓝洞❸。蓝洞位于一个岩洞内部，只能从悬崖上一个狭小的洞口进入，曾是罗马皇帝提比略❹的私人浴池。1834年3月，蓝洞重新成为旅游胜地不久，安徒生也慕名而来。对丹麦人等斯堪的纳维亚人而言，蓝洞几乎成为文学朝圣之地，无数游客蜂拥而至，只为一睹安徒生笔下的童话世界："万物像苍穹般闪耀，海水如燃烧的蓝色火焰。"❺

安徒生返回罗马过复活节，节日过后，他路过佛罗伦萨和威尼斯，抵达维也纳和慕尼黑。自从去了意大利，安徒生坦承自己"魂不守舍，心不在德国"，想起丹麦，更是满心恐惧和沮丧。然而，为了完成《即兴诗人》，出版头两部童话集，他最终还是回到丹麦。几个月后，三部作品于1835年相继问世。虽然《即兴诗人》让安徒生名震文坛，但正如一位独具慧眼的评论家所预言的那样，让他名垂青史的将是童话故事。

---

❶ 著名的西班牙歌剧演唱家（1808—1836），以音域广、穿透力强、声线灵活闻名。——译者注
❷ 意大利浪漫主义歌剧作家（1801—1835）。——译者注
❸ 那不勒斯湾南部的一处海蚀洞。——译者注
❹ 罗马帝国第二任国王（公元14—公元37年在位）。——译者注
❺ 在中国文联出版社2005年出版的《即兴诗人》（目前唯一的中译本）中，译为："只见四下里都在闪闪发光，地上的海水如同蓝色的火焰，把一切都点燃了。"

玛雅·安吉罗：

：：：：：：：：情系加纳的黑人女作家

玛雅·安吉罗（Maya Angelou，1928—2014）文学造诣深厚，作品体裁多样，著有诗歌、民间故事，以及影响深远的自传和回忆录等。她还涉足演艺事业，参与歌剧《波吉和贝丝》❶的巡演，是好莱坞首位非裔女导演，也是20世纪50年代至60年代美国民权运动的杰出活动家，曾于马丁·路德·金创立的南方基督教领袖会❷从事组织协调工作，之后离开美国，前往非洲。

安吉罗侨居开罗近两年，与儿子盖伊和丈夫武松齐·马克共同生活。武松齐是南非反种族隔离斗士，时任泛非大会❸埃及代表。1962年，安吉罗结束短暂的婚姻，接受利比里亚新闻部的邀请入职该部。此前，她打算带着即将入读加纳大学的儿子旅居阿克拉❹，可刚到阿克拉没几天，盖伊就被一位醉驾司机撞伤，安吉罗不得不留下来照顾孩子。她在《上帝的孩子都需要旅游鞋》中写道，留在加纳"纯属意外"。《上帝的孩子都需要旅游鞋》是安吉罗的第五部自传，记录了她旅居加纳的经历。

加纳坐落于西非几内亚湾沿岸，1957年才脱离英国的殖民统治赢得独立。首任总统克瓦米·恩克鲁玛是一位马克思主义者，他魄力非凡，坚信加纳将引领非洲终结殖民统治，希望非洲有朝一日挣脱帝国主义的压迫，在社会主义的旗帜下联合起来。恩克鲁玛毕业于美国宾夕法尼亚州林肯大学，他对所有想要移居加纳的非裔美国人表示热烈欢迎，并为逃离白人统治的南非和东非难民提供政治庇护。虽然还有一份工作在利比里亚等着安吉罗，但她还是决定留在加纳。最后，如安吉罗所言，她与儿子"第一次住在这样的地方，在这里我们的肤色不是错误，也不是异端"。

安吉罗在加纳大学非洲研究所担任行政职务，开始全情融入阿克拉的文化生活，其间

---

❶ 美国著名作曲家乔治·格什温（George Gershwin）创作的一部伟大的黑人歌剧，于1935年在美国波士顿首演。——译者注

❷ 1957年成立的美国非裔民权组织，旨在协调和协助地方组织为美国黑人在各方面争取平等权利。该组织主要在南部和一些边境州开展活动，在美国民权运动中发挥了重要作用。——译者注

❸ 泛非即把黑人看作整体联合起来的民族主义思想，泛非大会指世界各地的黑人团结起来为反对种族歧视和殖民统治召开的大会，第一届大会于1919年在巴黎举办。——译者注

---

❹ 加纳首都。——译者注

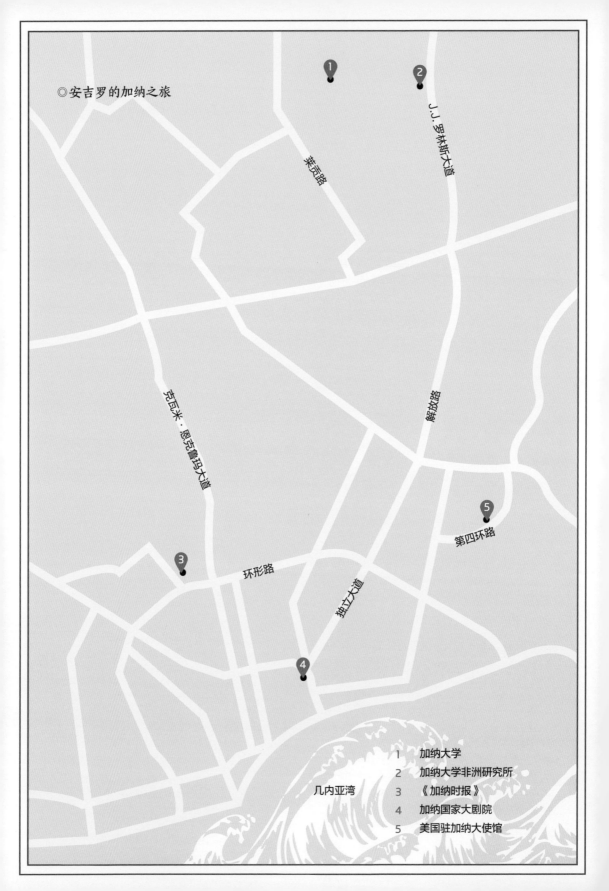

◎安吉罗的加纳之旅

J.J.罗林斯大道

莱赤路

克瓦米·恩克鲁玛大道

解放路

第四环路

环形路

独立大道

几内亚湾

1　加纳大学
2　加纳大学非洲研究所
3　《加纳时报》
4　加纳国家大剧院
5　美国驻加纳大使馆

结识了作家、编剧、演员朱利安·梅菲尔德（为躲避美国中情局和联邦调查局而流亡的非裔美国人），还有诗人、编剧、教师、加纳国家大剧院院长埃芙亚·萨瑟兰。不久，安吉罗开始到剧院售票处工作，随后出演贝托尔特·布莱希特 [1] 的戏剧《大胆妈妈和她的孩子们》，扮演剧中的主角。

与此同时，安吉罗还为《加纳时报》撰稿。她和编辑都喜欢当地俱乐部牌啤酒，认为其口味远胜星辰牌啤酒，并因此结为好友。安吉罗听说马丁·路德·金将于1963年8月28日在华盛顿组织示威游行，为黑人争取工作机会和自由权利。大约25万人聚集在林肯纪念堂前，聆听马丁·路德·金永载史册的《我有一个梦想》演说。安吉罗备受鼓舞，发起了阿克拉游行，声援华盛顿的黑人民权运动。游行队伍计划前往美国驻加纳大使馆，展现勠力同心奋斗的信念。为了与马丁·路德·金领导的游行同步，游行队伍克服时差，在午夜时分出发。

安吉罗旅居加纳期间，两位投身美国民权运动的先驱曾到访加纳，一位是拳王穆罕默德·阿里，另一位是安吉罗的好友、致力于黑人解放的激情演说家马尔科姆·艾克斯。马尔科姆已与昔日导师、伊斯兰民族组织 [2] 领袖伊利贾·穆罕默德交恶 [3]，此时他也算人在旅途，正前往麦加朝觐。马尔科姆在加纳受到恩克鲁玛总统的接见，但与阿里相遇时，因与伊利贾不睦遭到阿里冷眼相待。

安吉罗的加纳之旅非常愉快，即便如此，她仍发现非裔美国移民与加纳人之间关系紧张，恩克鲁玛政府官员与普通百姓的部分生活方式大不相同。语言隔阂在移民和加纳人之间形成巨大的鸿沟，于是安吉罗主动学习当地的芳蒂语 [4]。

在加纳生活两年后，安吉罗感受到了故乡的呼唤。马尔科姆创立了非裔美国人团结组织 [5]，她从马尔科姆的来信里了解美国动态，预感祖国即将发生巨变，遂决定回国投身民权运动。在詹姆斯·鲍德温 [6] 的鼓励下，尤其是在马尔科姆·艾克斯和马丁·路德·金遇刺之后，安吉罗以诗歌和散文为喉舌，为民权事业发声，展现黑人的真实处境。加纳是安吉罗人生和创作旅途中至关重要的一站，她日后感慨："虽然还没有充分了解非洲的精神，但探索的过程让我进一步看清自己，看清人性。"

---

[1] 德国戏剧家、诗人（1898—1956）。——译者注

[2] 华莱士·法德·穆罕默德（Wallace Fard Muhammad）于 1930 年在美国创立的政治宗教组织，主张黑人至上、反白人主义，鼓励非裔美国人摆脱作为压迫者工具的基督教。——译者注

[3] 马尔科姆到麦加朝觐后，个人思想发生转变，开始反对种族主义，宣扬种族融合，与伊利贾·穆罕默德分道扬镳。——译者注

[4] 加纳方言之一，主要使用于加纳中、西、南部。——译者注

[5] 成立于 1964 年，宗旨是为非裔美国人的人权作斗争，促进非洲人民和美国黑人之间的合作。——译者注

[6] 美国知名黑人作家（1924—1987），详见本书第 5 篇文章。——译者注

◀　加纳，阿克拉

▼　阿克拉，克瓦米·恩克鲁玛陵园，克瓦米·恩克鲁玛纪念碑

奥登与伊舍伍德：

·············· 战地中国行

1936年，W.H.奥登与路易斯·麦克尼斯[1]去冰岛旅行，并合著了《冰岛来信》，这部诗文并茂的游记颇为畅销。很快，纽约兰登书屋再次委托奥登写一本东方游记，这才有了后来的《战地行纪》。《战地行纪》由奥登及其挚友、露水情人克里斯托弗·伊舍伍德（1904—1986）合作完成。两人曾共同创作以亚洲为虚构背景的诗剧《攀登 F6 高峰》。

与同时代的乔治·奥威尔一样，奥登也特别关注西班牙内战[2]。1937年1月，奥登奔赴巴塞罗那，志愿担任救护车司机，支援共和政府。他竭尽全力，却屡遭挫败，眼看着西班牙左翼派系内斗，教堂被狂轰滥炸，惊惶失措，两个月后便回到英国，对西班牙之行大失所望。同年夏天，奥登与伊舍伍德正为新委托的游记挑选目的地，此时传来侵华日军的动向。1931年侵占中国东北以来，日军不断蚕食中国领土，此时已从北京南下，向上海发动进攻。伊舍伍

德日后回忆，中国"已经成为全球决定性战场之一"，他们决定去中国撰写游记。他们揣测并戏称："与西班牙不同的是，中国还没有挤满战地观察的明星作家。"几十年后，伊舍伍德在自传《克里斯托弗和他的同类》中声称，奥登认为"我们将迎来一场属于自己的战争"。但奥登是否讲过这句话尚且存疑。旅行途中，奥登和伊舍伍德遇上多位西方名流，其中包括英国旅行作家彼得·弗莱明和知名匈牙利裔美籍战地摄影师罗伯特·卡帕。

这是奥登和伊舍伍德第一次"到苏伊士以东的地方旅行"。他们不谙中文，也坦承"对远东知之甚少"。不过，两位文学家甘冒战火亲涉险地，足以引起不少新闻记者的兴趣。1938年1月19日，一大群记者聚集伦敦[3]维多利亚车站，见证奥登和伊舍伍德登上开往多佛的列车。

奥登和伊舍伍德先在巴黎过夜，接着南

❶ 英国著名诗人、剧作家（1907—1963）。——译者注
❷ 1936—1939年间，西班牙第二共和国由于种种社会矛盾爆发内战。内战由共和政府军与左翼联盟对抗国民军等右翼集团。右翼在德意等法西斯势力的支持下获胜，西班牙第二共和国宣告解体，弗朗西斯科·佛朗哥（Francisco Franco）建立右翼独裁政权。——译者注

❸ 本文的"伦敦"，泛指大伦敦（Greater London），英格兰一级行政区划之一，范围包括伦敦市及周围32个自治市区。以伦敦市为中心，大伦敦又划分为东伦敦、南伦敦、西伦敦、北伦敦。如果特指伦敦市，本文将具体写出。

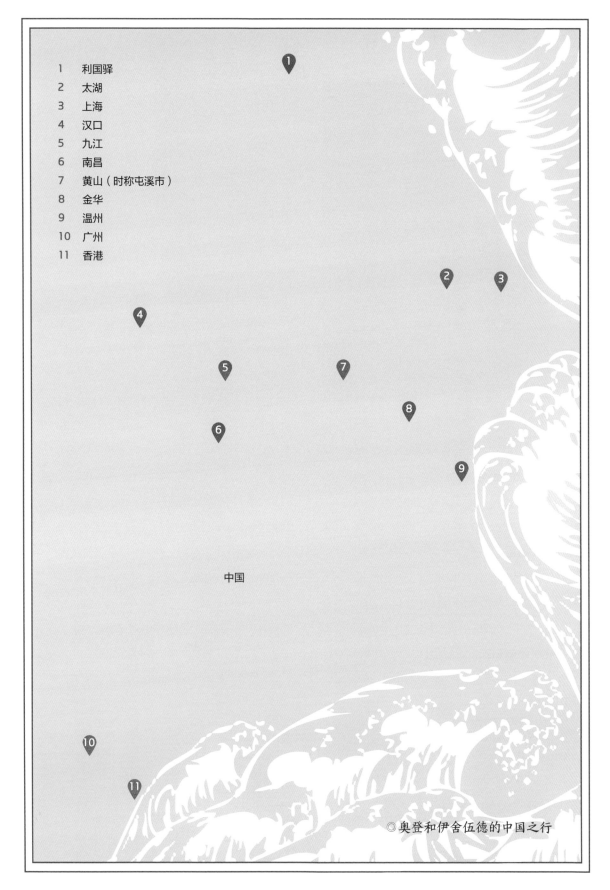

1　利国驿
2　太湖
3　上海
4　汉口
5　九江
6　南昌
7　黄山（时称屯溪市）
8　金华
9　温州
10　广州
11　香港

中国

◎奥登和伊舍伍德的中国之行

士、白俄罗斯流亡者等形形色色的古怪侨民，也接触了许多中国人。由于日军频繁骚扰，加之中国政府和军官不愿与西方记者太过接近，所以行程延期和绕远路是常有之事，旅行路线也几经变更。在利国驿 ❶，奥登和伊舍伍德想进入前线，但遭到张轸将军 ❷ 的劝阻；前往太湖附近战场的途中，他们又在黄山市（时称屯溪市）被好事的高姓记者拦住；北上观摩八路军作战的想法也未能获准。他们只好沿着长江返回汉口。

奥登和伊舍伍德的大部分行程都由中国"随从"老蒋协助完成。老蒋是汉口领事安排的中年导游，为人和蔼可亲。汉口是离开广州之后的第一个停靠站，坐了很长时间的火车才到达。在汉口遇到日军空袭时，伊舍伍德和奥登仰卧在英国领事馆大楼的草坪上，奥登建议，或许粉身碎骨就在今日，不如尽量放松身体，以免头僵脖硬。

伊舍伍德目睹"名副其实"的战地记者后，不得不承认自己和奥登"顶多只算游客"，简直不懂行。但这对搭档也曾命悬一线。一次，他们访问汉江前线时经过一片开阔地带，不巧

行到达马赛，两天后乘坐"阿拉米斯号"客轮出航。客轮在埃及塞得港停靠，他们下船散心，在开罗游览一天后，在陶菲克港重新登上"阿拉米斯号"，此时客轮已经驶过苏伊士运河。"阿拉米斯号"从这里开始稳步向南航行，途经吉布提、斯里兰卡科伦坡、新加坡和越南胡志明市（时称西贡），2月16日抵达香港。政府官员铺设红毯迎接他们，两位作家却觉得这座城市"面貌狰狞"，活像一座"维多利亚时期的殖民堡垒"，建筑风格混乱不堪，英国侨民也言语乏味。

2月28日，奥登和伊舍伍德从香港乘内河船前往广州。乘船实属无奈之举，因为广九铁路每天都遭日军轰炸。河船之旅开启了长达三个半月的"中国内陆游"。他们路遇美国传教

❶　位于江苏省徐州市铜山县东北，矿产丰富，优质铁矿尤多。——译者注
❷　中国抗日英雄（1894—1981），因在台儿庄战役的骁勇表现而闻名。——译者注

日本侵略军决定发动反攻，两人如釜底游鱼，暴露于枪林弹雨之下。

好在偶尔也有喘息的机会。他们搭乘汽船抵达九江，旋即换乘汽车来到牯岭山上的"终旅宾馆"（Journey's End Hotel）。开车来接他们的就是宾馆的东家查尔斯顿先生，他是一位气宇不凡的英国人。两位作家从九江克服万难前往南昌，转乘火车到达金华，再坐巴士到达温州，最后乘坐汽船于5月25日抵达上海。

两位作家接受邀请，入住上海英美公共租界，留宿在英国驻华大使阿奇博尔德·克拉克·卡尔爵士家中。大使喜欢抽烟斗，他的太太蒂塔来自智利。上海外围地区已经被日本人占领，奥登和伊舍伍德判断上海"境况尤为艰难"。尽管如此，饱尝战争创伤的奥登和伊舍伍德还是决定"暂时放下社会道德的约束，经常在下午光顾澡堂，享受年轻男子的挑逗按摩"。

6月12日，他们乘坐加拿大太平洋邮轮"亚洲女皇号"从上海启航。伊舍伍德不无讽刺地评论道，这艘船得先停靠日本神户、东京和横滨三个港口，再驶经温哥华、美国北达科他州、芝加哥和纽约，最终才能到达伦敦。

1938年7月17日，两人抵达伦敦。在亚洲见证了战争的残酷，两位诗人不再激进。二战前夕，奥登与伊舍伍德决定携手移民美国。

◀ 中国，黄山市（时称屯溪市）

简·奥斯汀：

┄┄┄┄┄┄ 旅居海滨小镇沃辛

英国虽然是个岛国，海滨休闲业的发展却慢得出奇。17世纪末，有庸医兜售海水治疗痛风，抱恙的富人才开始光顾默默无闻的渔村，比如约克郡的斯卡伯勒和肯特郡的马盖特。"疯王"乔治三世是第一个去海边养病的英国君主，他于1789年到多塞特郡的韦茅斯洗浴。在乔治三世之子、时任摄政王乔治四世的扶持下，破败的萨塞克斯郡海滨小镇布赖特赫尔姆西气象一新，正式更名布赖顿，成为赫赫有名的海滨疗养浴场。几乎同时期，浪漫主义者称颂海洋具有"崇高"之美，是值得欣赏的壮丽奇观。

简·奥斯汀（1775—1817）亲历了上述怪事。颇具讽刺意味的是，她把1815年的小说《爱玛》献给了"摄政王殿下"，还在生命最后几个月创作《桑迪顿》❶，尖锐戏谑海水浴热潮。1817年3月18日，她因病重未能完成《桑迪顿》的写作（1925年才出版），即便未能完稿，这部小说依然体现出奥斯汀对人类愚昧的敏锐洞察力。此时奥斯汀身患绝症，在《桑迪顿》中

也重点着墨于疑难病症；用最犀利的笔锋讥讽富豪庸人自扰，疑神疑鬼，借可笑的海洋疗法放纵自我。

奥斯汀一如既往叙写着自己的见闻。1800年，奥斯汀的父亲突然决定退休，此后十年，奥斯汀与父母、姐姐卡桑德拉过着辗转流徙的生活。后来，奥斯汀举家迁居萨默塞特郡的内陆温泉小镇巴斯，一家人也常到德文郡的锡德茅斯、道利什和廷茅斯、多塞特郡的查茅斯和莱姆里吉斯等新兴海滨胜地度假，最常光顾的是威尔士的滕比和巴茅斯。奥斯汀有意无意地将这些地方的风光融入小说，莱姆里吉斯就出现在《劝导》中，这是她最后一部完稿的小说，于她辞世后的1817年底出版。1805年夏末秋初，她短暂游历萨塞克斯郡沃辛镇，生发创作《桑迪顿》的灵感。

对英国海滨胜地颇有研究的历史学家J.A.R.平洛特❷精辟地总结道，1798年，沃辛还是个渔村，"几间破旧小屋散落其间"，国王

---

❶ "桑迪顿"是小说中的一个虚构地名，原型是沃辛。——译者注

❷ 全名约翰·艾尔弗雷德·拉尔夫·平洛特（John Alfred Ralph Pimlott, 1909—1969），英国人。——译者注

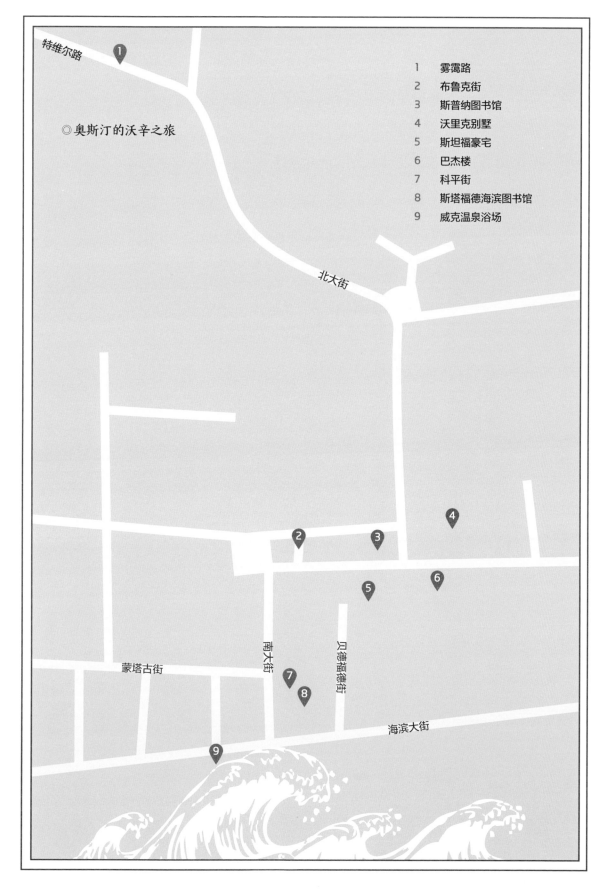

◎奥斯汀的沃辛之旅

特维尔路

1 雾霭路
2 布鲁克街
3 斯普纳图书馆
4 沃里克别墅
5 斯坦福豪宅
6 巴杰楼
7 科平街
8 斯塔福德海滨图书馆
9 威克温泉浴场

北大街

蒙塔古街

南大街

贝德福德街

科平街

海滨大街

乔治三世的小女儿阿米莉亚公主的驾临为它增色不少。传言阿米莉亚的神经异常衰弱，短暂的一生体弱多病，近来又确诊"膝关节结核"，被送往沃辛休养，医生建议，与繁闹的布赖顿相比，幽静的沃辛更适合疗养。

1805年，奥斯汀来到沃辛。这里刚经历一场小型房地产投机热，小镇大兴土木，新建了五条繁华的街道——贝德福德街、科平街、布鲁克街（后更名为南小街）、海滩街和赫特福德街。如今后两条街道早已消失，另外几条仍以某种形式留存。作为度假胜地，沃辛的发展实际上相当缓慢，即将修葺的海边小道两旁依旧只零星分布着七座建筑。1804年，西格林斯特德❶－沃辛高速公路竣工，交通便利了许多。然而，当地历史学家安东尼·爱德华兹指出，1805年的沃辛商店难觅，而且"没有市场，没有教堂，没有剧院，也没有旅店"。

沃辛海边有威克温泉浴场和三家旅店。奥斯汀不一定经常光顾威克温泉浴场，但可以肯定的是，姐姐卡桑德拉是这里的常客。彼时，海边还没有可以散步的地方，沿岸小道也被海水冲蚀，1807年才修建新路，直通兰辛镇❷，同年，第一家旅店"斯泰恩旅馆"开业。19世纪20年代初，沃辛铺设滨海大道，供旅客休闲观光，也起到岸防作用。

据爱德华兹记述，小镇排水系统得到改善前，道路泥泞、烟雾弥漫、空气浑浊、海藻

腐臭，名声一直不怎么样。爱德华兹透露，19世纪，沃辛北边有一条西行主干道叫"雾霭路"（今特维尔路）。奥斯汀在《桑迪顿》中讥讽沃辛糟糕的环境，为了避免读者马上联想到沃辛，她巧妙地使用障眼法，缩短桑迪顿到伊斯特本镇❸的距离，还把环境问题（大片发臭的沼泽，成堆腐烂的海藻等）嫁接给一个虚构的竞争对手——布林畔度假胜地。

奥斯汀时代，沃辛最气派的建筑当属沃里克别墅。这座别墅是沃里克伯爵二世乔治·格雷维尔的故居，始建于1789年（也许稍早一些），于1896年拆除。1801年，伦敦富商爱德华·奥格尔买下豪宅。为了推动沃辛的建设，吸引贵族和退休绅士来此度假，奥格尔带头推行一系列发展措施，并且不惜巨资改造豪宅以及配套的花园和庭院。豪宅离海很近，海景尽收眼底，它与海岸相隔一片开阔的空地，空地上只有三间小屋并排挨着，人称"巴杰楼"。不过豪宅距海太近，也容易受恶劣天气的影响。经奥斯汀层层润饰，沃里克别墅在《桑迪顿》中以特拉法尔加别墅的形象登场，奥格尔当然就化身为热衷于桑迪顿发展的帕克先生。

1805年9月18日至11月4日，奥斯汀一直住在沃辛，也许过完圣诞节才离开，所以她很可能耳闻海军元帅霍雷肖·纳尔逊在10月25日特

---

❶ 英国西萨塞克斯郡的一个村庄。——译者注
❷ 英国西萨塞克斯郡的一个海边村庄。——译者注

❸ 英国东萨塞克斯郡的一个海滨城镇和旅游胜地。——译者注

WORTHING, FROM THE BEACH.

▲ 《沃辛海滩》木刻版画沃辛海滩，《伦敦新闻画报》1849年8月25日刊绘

拉法尔加海战❶中获胜的消息。无论如何，《桑迪顿》里的帕克先生是一个无可救药的跟风派，他承认后悔给别墅取名特拉法尔加，因为时下"滑铁卢"这个名字更为风靡❷。为了紧跟潮流，他打算重建一套新月形的别墅，纪念威灵顿公爵战胜拿破仑一世。1805年的"海滨客栈"也于1816年扩建并更名"威灵顿旅店"，旅馆改名一时蔚然成风。

奥斯汀与母亲、姐姐以及朋友玛莎·劳埃德寄宿斯坦福豪宅（位于后来的沃里克街附近），哥哥爱德华携妻子伊丽莎白、女儿范妮及家庭教师夏普太太也去住过一阵，曾一度十分热闹。斯坦福豪宅是乔治亚风格❸的白色灰泥住宅，舒适宜人，地方宽敞，海景一览无余。奥斯汀经常游览邻村布罗德沃特的圣玛丽教堂（即小说中的老桑迪顿），也喜欢出入沃辛的两家图书馆：一家是位于柱廊舍的斯普纳图书馆，斜对着斯坦福豪宅，为奥格尔所有；另一

❶ 纳尔逊率领英国海军在西班牙特拉法尔加角击溃法西联合舰队，迫使拿破仑放弃入侵英国的计划。——译者注
❷ 1815年发生滑铁卢战役，英国威灵顿公爵与反法联军击败拿破仑一世。——译者注

❸ 1714—1811年期间盛行欧洲（尤其是英国）的建筑风格。——译者注

◀ 英国沃辛维多利亚时代的码头

家是位于海滨小街的斯塔福德海滨图书馆，同时也是镇上的邮局。图书馆也出售新奇的商品和玩具，晚上会有一些高雅的娱乐活动，似乎以抽奖活动为主，吸引了不少上流社会女士参与。从范妮的日记可以看出，奥斯汀在9月19日晚的抽奖活动上获得七先令奖金，地点很可能就在斯普纳图书馆。

据说，奥斯汀再也没有重游沃辛。《桑迪顿》虽然没有完稿，但大多数读者可能认为奥斯汀根本不想回沃辛。不过，也许伟大的讽刺作品往往都是爱的产物，她写这部小说的部分原因是为了纪念曾经的海滨小镇，她非常清楚，1805年那个淳朴静谧的小镇，此生纵然再见亦不可相识了。

詹姆斯·鲍德温：

::::::::::::: 爱在秋日巴黎

詹姆斯·鲍德温（1924—1987）出生于美国纽约哈莱姆[1]一个单亲家庭。母亲从未对他透露过生父的身份，继父是位浸信会牧师，与母亲生下八个孩子。他的继父性情凶暴，詹姆斯·鲍德温深信"只有成为作家，才不会猝尔殒命"。鲍德温所处的时代，种族隔离现象严重，同性恋不受法律认可，同性恋者被视为安全隐患，不得在政府和军队工作。为了实现抱负，既是黑人又是同性恋的鲍德温唯有离开美国。鲍德温的大部分著作都写于国外，代表作有《乔凡尼的房间》等。1961年至1971年，鲍德温长期旅居土耳其，晚年基本在法国南部普罗旺斯的圣保罗-德旺斯村度过。然而，1948年首次离开美国旅居巴黎的经历，无疑对他产生了最为深刻的影响。

鲍德温常说，离开家乡并非本意，而是绝望之举。他因肤色受尽歧视，生活穷困潦倒，身为同性恋不容于社会，无奈之下，只有背井离乡。一位好友投哈莱姆河自尽，他担心自己也会落得如此下场。只因他是黑人，新泽西州特伦顿市一家餐厅拒绝为他服务，让他彻底绝望。

鲍德温和摄影师朋友西奥多·佩拉托夫斯基曾获罗森沃尔德基金[2]，拍摄哈莱姆海滨教堂并制成摄影集，项目后来不了了之，鲍德温用余下的经费买了一张单程机票。1948年11月11日，他从纽约飞往巴黎，口袋里只揣着40美元，带了几件衣服、几本书，还有一大堆未完成的手稿，行李袋塞得满满当当。他低调而匆忙地离开，起飞当晚才将行程告知母亲和弟弟妹妹，但抵达法国时，朋友通知了许多知名美国侨民。哈莱姆和格林威治村的老相识闻讯，迫不及待想与他见上一面。

美国作家阿萨·本维尼斯特和乔治·索洛莫斯（笔名塞米斯托克利斯·霍蒂斯）也听闻消息。他们刚移居法国，打算创办文学杂志《零》。鲍德温抵达当日，一行人到双偶咖啡馆共进午餐，法国哲学家让-保罗·萨特和美国黑人小说家理查德·赖特（鲍德温曾经的导师）受邀为《零》撰稿。双偶咖啡馆坐落于圣日耳曼-德佩区，鼎盛时期，顾客络绎不绝，欧内

---

❶ 当时的黑人聚居区。——译者注

❷ 1917年由朱利叶斯·罗森沃尔德（Julius Rosenwald）一家创立，所有资金均用于慈善，向美国公立学校、高等院校、犹太慈善机构和非裔美国人机构等捐赠资金。——译者注

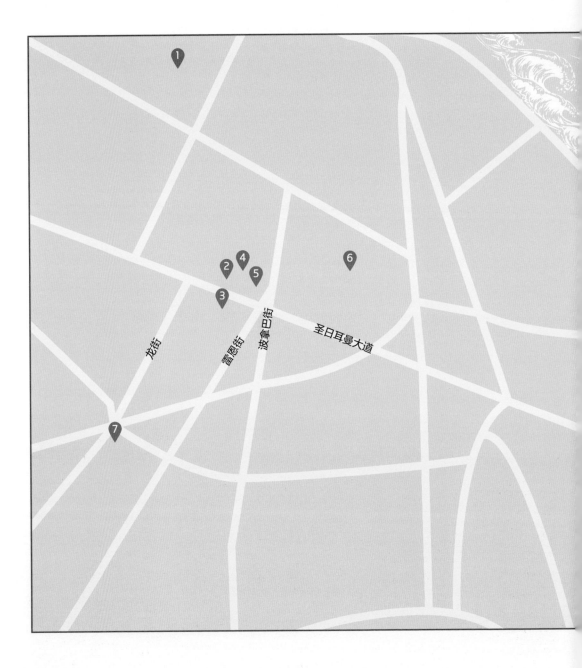

◀ 上一页：巴黎

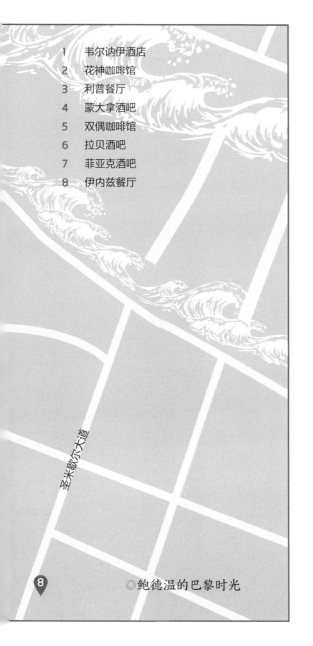

圣米歇尔大道

8

◎鲍德温的巴黎时光

斯特·海明威、西蒙娜·德·波伏娃等名家都是座上宾。鲍德温本抱着"很有可能恶狠狠地撞死在埃菲尔铁塔尖上"[1]的打算，后来安然无恙。数人乘车在荣军院地铁站等候，素未谋面的本维尼斯特站在队首。随后，大家陪他到双偶咖啡馆，他被引荐给索洛莫斯，并与赖特重聚首。赖特帮这位昔日弟子在圣米歇尔大道"罗马酒店"找了间价格划算的房间落脚。

托纽约故交普丽西拉·布劳顿的福，鲍德温很快就搬到了韦尔讷伊街附近的一家酒店，虽然条件一样艰苦，但是要热闹许多。韦尔讷伊酒店的经营者是来自科西嘉岛的一家人，由德高望重的女主人迪蒙夫人掌事。她家酒店租金公道，对租客工作时间和生活方式一概包容，经常邀请住客参加晚会。迪蒙夫人是个热心肠的人。1949年1月严冬，迪蒙夫人悉心照料生病的鲍德温，直至他恢复健康。这份恩情鲍德温永远不会忘记。

鲍德温通过布劳顿认识韦尔讷伊酒店的

---

[1] 鲍德温在《种族的代价：1948—1985杂文集》（ The Price of the Ticket: Collected Nonfiction, 1948—1985 ）里的文章《每场告别都不是离开》（"Every Good-Bye Ain't Gone"）中提到，当天下雨，飞机围绕埃菲尔铁塔盘旋数周，他身心俱疲，十分恐慌。——译者注

租客玛丽·基恩，她是英国工会活动家，收容附近大量流离失所的侨民聚会用餐。鲍德温与其中一位英气的挪威女记者吉斯克·安德松结为密友，她是挪威奥斯陆一家社会主义报纸的撰稿人，两人在巴黎一度形影不离。

鲍德温为写作而来到法国。韦尔讷伊酒店的房间没有供暖设施，他便经常带着笔记本和一支钢笔，顶着严寒来到双偶咖啡馆，但他更爱去花神咖啡馆二楼的房间。花神咖啡馆位于圣日耳曼大道和圣伯努瓦街的转角，是双偶咖啡馆的主要竞争对手。他咖啡杯不离手，从早到晚地写作。

鲍德温日间经常光顾的另一个地方是利普餐厅，与花神咖啡馆只有一街之隔。正是在这里，鲍德温与赖特展开激烈辩论。鲍德温在《零》上发表了第一篇文章《每个人的抗议小说》[1]，赖特言之有据地指出，文章是在抨击自己的民权运动作品《土生子》，他指责年轻的鲍德温背叛了全体非裔美国人。鲍德温极力否

---

[1] 《每个人的抗议小说》（"Everybody's Protest Novel"）对《汤姆叔叔的小屋》和《土生子》等黑人抗议小说进行了严厉的批评，不赞成通过塑造暴力的黑人形象来对待种族问题，认为这是对所谓"黑人堕落"的默认，否认黑人的人性。——译者注

▲　巴黎，圣日耳曼德佩区，伊内兹餐厅，伊内兹·卡瓦诺在歌唱，1949年摄

▶　巴黎，花神咖啡馆露台，1948年6月摄

认这一批评。事后，他们的关系剑拔弩张，不过没有彻底决裂。

鲍德温离开咖啡馆后，通常会和同伴到附近的酒吧和夜店认真喝上几杯，有时喝到凌晨，便绕到皮加勒街区的阿尔及利亚特色餐馆抽大麻，最后在中央市场区附近工人惯去的咖啡馆吃早饭。鲍德温最常光顾三个地方：一是圣伯努瓦街的蒙大拿酒吧；二是塞纳河左岸雅各布街的拉贝酒吧，由美国演员戈登·希思经营，此处常有民谣和布鲁斯的演出；三是以爵士乐和灵乐为特色的伊内兹餐厅，餐厅老板伊内兹·卡瓦诺来自芝加哥，担任过哈莱姆文艺复兴❶诗人兰斯顿·休斯❷的秘书。一次，身无分文的鲍德温在伊内兹餐厅献唱，高歌艾拉·格什温❸的《我爱的男人》，换取一盘炸鸡作为晚餐。

初到巴黎，鲍德温常到圣日尔曼大道南端的白皇后酒吧、附近更高档的菲亚克酒吧（《乔凡尼的房间》纪尧姆酒吧的原型）等少数公开的同性恋酒吧寻找男伴。鲍德温在白皇后酒吧

邂逅了吕西安·哈珀斯伯格，并把这位瑞士艺术家奉为一生挚爱。

鲍德温的文章和随笔如雨后春笋般涌现，半自传体小说却遭遇难产。这部小说讲述了20世纪30年代在哈莱姆长大的小男孩，他的父亲是一名五旬节派❹牧师。哈珀斯伯格担心爱人的小说在巴黎没有进展，提议搬到他在瑞士洛伊克巴德小镇的家庭小屋，好让鲍德温心无旁骛地写作。不出所料，1951年末至1952年初，鲍德温花三个多月完成了《向苍天呼吁》。得知美国出版商对这本书颇有兴趣，鲍德温向演员马龙·白兰度借了一笔钱返回美国，短暂逗留了一段时日。不过，对于鲍德温来说，漂泊于大西洋彼岸的羁旅生活才刚刚开始。

---

❶ 20世纪20年代至30年代席卷美国的新黑人运动，又称黑人文艺复兴，旨在反对种族歧视，鼓励黑人作家在文学艺术等领域塑造"新黑人"形象，自由发挥黑人的艺术创作才能，以黑人生活为题材的作品越来越受读者欢迎。当时哈莱姆是全国最大的黑人聚居区，聚集全国最优秀的黑人艺术家和文学家，哈莱姆因此成为运动的中心，许多住在巴黎的黑人作家也受到哈莱姆文艺复兴的影响。——译者注
❷ 美国最杰出的黑人诗人之一（1901—1967），哈莱姆文艺复兴运动的中流砥柱。——译者注
❸ 美国作曲家（1896—1983），美国著名作曲家乔治·格什温的哥哥。——译者注

❹ 五旬节即复活节后第50日（第七个星期日）。五旬节派分属新教教派，他们相信五旬节这一天圣灵将降临于耶稣门徒身上。——译者注

松尾芭蕉：

云游奥州小道 [1]

诗人多好广游，生性洒脱，纵情流浪，然而为觅佳句不惜脚力者，莫过于日本俳圣 [2] 松尾芭蕉（幼名金作，1644—1694）。芭蕉是俳句宗匠，著俳句短诗千余首，编撰诗集多部。但他最受推崇之作还是系列游记，描述浪迹日本之见闻，以俳句入叙事散文，开创俳谐体，推动俳谐艺术发展至顶峰。最负盛誉的俳谐游记是《奥州小道》，取意"通往北方的小路"，记述了诗人的奥州之旅，堪称日本古典文学瑰宝。

芭蕉生于伊贺上野 [3]，位于京都东南约48千米。父亲松尾与左卫门是武士，以务农为生。芭蕉12岁丧父后，被送往伊贺藩主藤堂新七郎家，侍候其年幼的嗣子藤堂良忠。两位少年虽然门第迥异，却交情至深，一道修习诗歌，创作俳句。1666年，藤堂良忠英年早逝，芭蕉离开上野，迁居京都。

1672年，芭蕉搬到东京（时称江户），随之蜚声诗坛，成为当地杰出诗人，许多人慕名追随。然而，1683年母亲去世的消息，彻底改变了芭蕉的旅行方式和写作手法。翌年八月，他踏上归乡行僧之旅，年轻的知里 [4] 欣然作为侍从陪同。他们效仿中国古僧，不带食粮，周游一月到达芭蕉母亲故里伊贺。芭蕉首部俳谐纪行文《野曝纪行》便诞生于此行，这部作品确立了蕉风徘谐 [5]，其俳艺日臻圆熟。芭蕉从此羁旅度日，诚如他在《笈之小文》 [6] 中所言：

"初冬寒雨跋履行，
愿君呼我为旅人。"

芭蕉作品早期英译者汤浅信行对此特别

---

[1] 奥州即今日本东北地方六县。奥州小道即芭蕉时代奥州的一条羊肠小道，但芭蕉的实际游历范围不止于此。他从江户（今东京）出发，向东北穿越奥州，再西行抵达日本海沿岸，继而南下终达大垣。——译者注

[2] 俳即俳句，俳句又称发句，原为日本连歌（古诗体裁）的首句，经松尾芭蕉发展成为独立的诗体。——译者注

[3] 今日本三重县上野市。——译者注

[4] 芭蕉的门生之一。——译者注

[5] 芭蕉对俳句进行了重要革新。他在青年时期受"贞门派"俳风（依循传统）和"谈林派"俳风（滑稽诙谐）的影响，后来逐渐脱离两派，独创蕉风，以闲寂、幽玄、枯淡、趣味见长，从此影响一代诗风。——译者注

[6] 芭蕉的一部纪行文。1687年10月，芭蕉从江户出发，经尾张到伊贺上野，翌年与弟子同往近畿各地，4月至京都，结束《笈之小文》旅程。——译者注

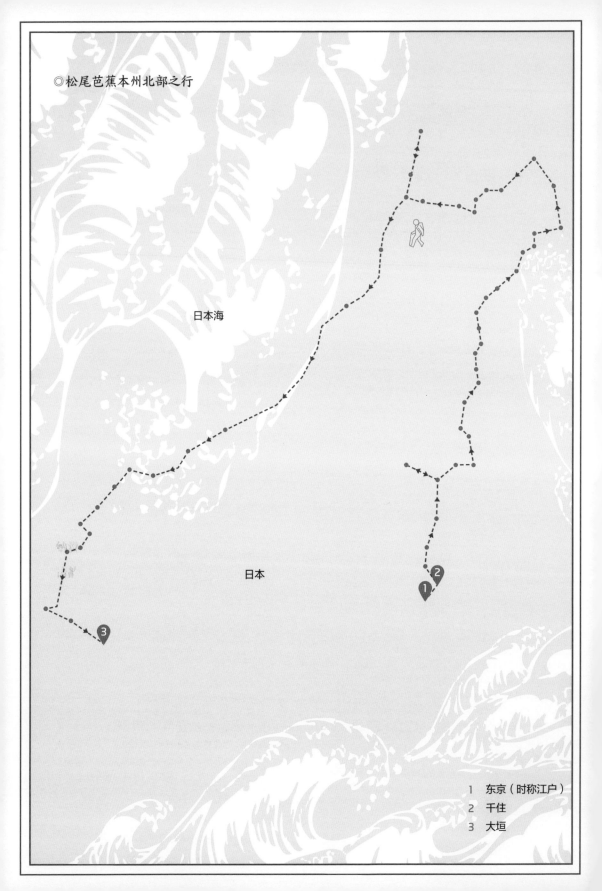

◎松尾芭蕉本州北部之行

日本海

日本

1　东京（时称江户）
2　千住
3　大垣

着墨："芭蕉时期，出游不可避免要面对凶险的环境……鲜有人纯粹借旅行享乐或消闲。"

芭蕉在《奥州小道》序文中也暗示旅途险象环生：

"今年，即元禄二年（1689年），我欲徒步远游奥州。明知路途艰辛，未免青丝染霜，但怎不渴望亲睹久闻未见之地——生死则安天命。"

1689年5月16日，芭蕉动身前卖掉居所，仿佛笃定此去不返。芭蕉时年45岁，身体已有些虚弱。在其门生看来，冒险翻越传说中危机四伏的白川关❶（分隔关东文明和北陆蛮荒的关隘），无异于自寻短见。

樱花盛开时节，在几位侍从随行陪同下，芭蕉从东京乘船溯隅田川而上，不久航抵千住❷，继而与门徒河合曾良前往奥州街道（陆羽街道部分路段）❸，沿道穿过沿海平原，历时六周北上，抵达偏远的奥州。芭蕉一路向前，行进乡间时森林密布，"不闻鸟鸣，树下漆黑一片，犹如行于午夜"。跋涉至北山深处，与山

伏❹共度一周。这群遁世僧侣隐逸之深，就是寻孤求寂的芭蕉也望尘莫及。

辞别乡村，他们踏上最后一段险峻道途，沿日本西岸北陆道❺南行，于1689年10月18日抵达大垣❻，《奥州小道》纪行文至此画上句点。然而芭蕉步履不息，行脚京都等地，食宿赖朋友和弟子接济，两年后返回东京。

奥州纪行完稿后，芭蕉出游心切，打算拜谒日本南部。1694年春，他离开东京，秋天到达大阪，疑似罹患痢疾，四日后（10月12日）病逝。弥留之际，作《病中吟》，遗憾"羁旅病缠"。直至寿终，芭蕉仍流连旅途。

❶ 通往奥州的关隘，江户时期（1603—1868）已经荒废，位于今福岛县白河市。——译者注
❷ 当时奥州街道第一个宿驿，今东京都足立区千住町。——译者注
❸ 江户时期连接首府与外地的五条陆上交通要道之一，自江户日本桥（今东京中央区日本桥）至奥州白川（今福岛县白河市）。后来街道向白川以北延长，远至北海道，1873年更名陆羽街道。——译者注

❹ 入山修行的隐士、苦练者，日本修验道行者的统称。——译者注
❺ 日本古代五畿七道之一，彼时日本海沿岸的若狭、越前、加贺、能登、越中、越后、佐渡等七地，今日本中部地方的新潟县、富山县、石川县、福井县。——译者注
❻ 今日本中部岐阜县大垣市。——译者注

031

日本，东北地区，松岛湾

夏尔·波德莱尔：

:::::::::::::: 未竟印度之旅

夏尔·波德莱尔（1821—1867）曾就读于巴黎路易大帝中学[1]，受家人之命，无奈选择了当时最受推崇的法学。离校两年后，波德莱尔过起放荡不羁的生活，家人担心不已，一度谋划让他早日回归正途。诚然，波德莱尔是十九世纪最伟大、最具影响力的法国诗人之一，也是奠定现代文学思想和风格的散文家。但在1841年，他还只是个初出茅庐的作家，负债2000多法郎，疯狂迷恋一位荡妇。其母亲后来描述："他经常与最浪荡的波希米亚人[2]厮混，无法自拔，通过他们了解巴黎神秘的堕落场所。"

一天，波德莱尔一家齐聚巴黎郊区讷伊镇召开家庭会议，并邀请一位公证人出席。波德莱尔的母亲、哥哥和继父奥比克将军一致认为，只有把波德莱尔送到印度，远离巴黎和狐

朋狗友的诱惑，他才可能幡然醒悟，迷途知返。据说波德莱尔从继父口中得知自己的命运后，气得紧紧掐住奥比克的脖子。但如今越来越多传记作家不认同这一说法，认为虽然波德莱尔一开始对这个想法并不感冒，但他起码乐意到东方旅行，因为他早就对异域东方意往神驰。

波德莱尔一家选择印度作为目的地，而非德国或比利时等单调乏味之地，主要是因为抵达南亚次大陆必须在海上长时间航行。奥比克和波德莱尔的母亲一样也是孤儿，他四岁时被法国北海岸加来海峡附近的格拉沃利讷港地方长官兼港务长收养。他驰骋沙场，出征法西战争[3]，戎马生涯功勋卓著，与此同时，他对远航和大海情有独钟，坚信航海时光将对继子有所助益。

旅行正式开始前，波德莱尔得先花上五

---

❶ 巴黎享誉世界的公立高中之一，以出色的教学质量和极高的升学率闻名，人才辈出。——译者注

❷ 又称吉卜赛人，是世界性流浪民族，具有热情豪放、浪漫自由、洒脱不羁的特质。——译者注

❸ 1823年，法军一支名为"十万圣路易斯之子"的部队入侵西班牙，推翻自由派人士组成的进步派政府，结束西班牙自由主义风潮，以恢复西班牙波旁专制主义。——译者注

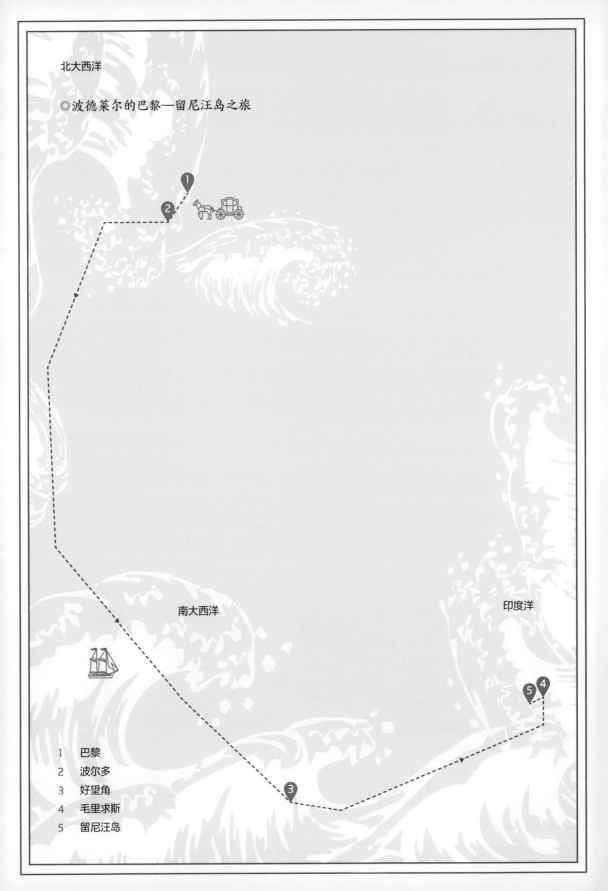

北大西洋

◎波德莱尔的巴黎—留尼汪岛之旅

南大西洋

印度洋

1　巴黎
2　波尔多
3　好望角
4　毛里求斯
5　留尼汪岛

天时间从巴黎到波尔多，登上停泊在波尔多的"南海邮轮号"。邮轮于1841年6月9日从波尔多起锚，沿吉伦特河口湾驶入北大西洋，最终抵达印度加尔各答。奥比克托付船长萨利兹照顾波德莱尔，他给了船长一笔费用，嘱咐他看管继子，锁藏继子的旅费，确保到达印度前，波德莱尔不挥霍一分钱。波德莱尔在甲板上来回阔步，想象自己是航海冒险家，可刚萌生的几分兴味即刻荡然无存。乘客大多是商人和军官，尽用陈词滥调谈论天气，波德莱尔感到百无聊赖。

小船的航程格外漫长，幽闭压抑的空间相当乏味。就在沉闷的气氛快要把他压垮时，邮轮在好望角附近遇上飓风。好望角位于大西洋海岸的南非开普半岛，号称恐怖的岩石岬角。邮轮险些沉没，由于破损严重，被迫停靠在毛里求斯进行两周的维修，波德莱尔得以自由探索这个印度洋上的国际化岛屿。他应该就是在这里结识了几位法国侨民，包括律师奥塔尔·德布拉加尔及其美丽的太太和小女儿。波德莱尔以德布拉加尔夫人为原型，创作了十四行诗《致一位克里奥尔 ❶ 夫人》。此诗收录于波德莱尔最著名的诗集《恶之花》，夫人辞世后，凭借此诗闻名于世。

邮轮重新下海之际，波德莱尔却毫不迟疑地告诉萨利兹，他已经打消去印度的念头，不再继续航行。萨利兹劝说波德莱尔至少到留

尼汪岛（时称波旁岛）❷，只要一天的航程，并承诺会在那里找一艘回法国的船。萨利兹信守诺言，安排波德莱尔登上"阿尔西德号"货船，船停靠在留尼汪岛首府圣但尼。然而，就算波德莱尔想赶回巴黎，也只能事与愿违，因为"阿尔西德号"正在进行漫长的整修，9月9日登岛的波德莱尔不得不等到11月4日才起航。

返航的旅程多了些乐趣，但依旧称不上舒适，因为"阿尔西德号"比"南海邮轮号"更加窄小。船在南非开普敦停靠了几天，波德莱尔喜欢到镇上转转，饶有兴致地观察殖民地的建筑，并注意到这里羊场遍地，空气中弥漫着羊毛气味，心中顿生厌恶。

船从南非起航，沿着非洲西海岸，穿过几内亚湾，驶入北大西洋，1842年2月第二周终于登陆波尔多。回国不到两个月，波德莱尔迎来成年礼，可以自由支配金钱，随心所欲地生活，前提是不缺钱。

可惜，在母亲和继父看来，波德莱尔航海回来，对精进诗艺和放荡生活的追求丝毫没有收敛。此次航行虽然让波德莱尔再也不想坐船，却为他的创作生涯带来了丰富的素材。回程之旅还被编成一场伟大的冒险，只是波德莱尔觉得无须再体验一番，毕竟在巴黎，娱乐会所和堕落的文学沙龙近在咫尺，闲庭信步即可到达。

---

❶ 殖民地的白种人后裔。——译者注

❷ 法属留尼汪岛首府，法国海外省之一。——译者注

▲ 留尼汪岛，圣但尼码头，埃夫雷蒙德 · 德贝拉
尔1862年插画　　　　　　　　▼ 下一页：毛里求斯，莫纳山

伊丽莎白·毕肖普：

················情迷巴西

　　1951年秋，美国诗人伊丽莎白·毕肖普（1911—1979）走到了人生的十字路口。她嗜酒无度，饱受焦虑和抑郁折磨，为解决酒瘾和心理问题，一度主动接受精神分析治疗。1946年，伊丽莎白离开佛罗里达州基韦斯特[1]的住所，过起漂泊无依的生活。后来她荣获了宾夕法尼亚布林莫尔学院[2]首届露西·马丁·唐纳利[3]奖学金，得到造访南美的机会。毕肖普满怀壮志，为漫长的南美之旅制定行程，计划先游历巴西的里约热内卢、阿根廷的布宜诺斯艾利斯和乌拉圭的蒙得维的亚，以及智利的蓬塔阿雷纳斯，再前往秘鲁和厄瓜多尔。

　　她原定1951年10月26日登上挪威商船"舾甲号"，但启程日期因码头罢工推迟到11月10日。此次延误，冥冥之中为旅程定下了基调。抵达巴西后，一路上有喜有惊，经历颇多，行程再次受阻。接下来的十七年，毕肖普基本都在这片土地上度过。

　　"舾甲号"驶往巴西桑托斯，船上载有大量吉普车和联合收割机，包括毕肖普在内乘客只有九名。细数船上旅伴，唯有一位引起毕肖普的好奇，她就是布林小姐。布林是退役警官，退休前任密歇根州底特律市一所女子监狱的狱长。她身高将近1.75米，十分引人注目。一如毕肖普后来在给朋友的信里所写，布林"长着一双蓝色大眼睛，一头黛青色鬈发"。在这趟横渡大西洋的漫长旅程中，布林滔滔不绝地讲述暴力犯罪的故事，给毕肖普解闷。"舾甲号"是一艘临时货轮，速度大约只有冠达[4]客轮的一半。

　　一到桑托斯，布林就有两位老朋友迎接，他们开车送毕肖普到80千米外的圣保罗。初到巴西，毕肖普作诗《抵达桑托斯》，纪念与这里的第一次相遇。诗作发表在《纽约客》杂志上，并收录于她的普利策获奖诗集《北方和南方——一个寒冷的春天》，另外两首初到巴西

---

[1] 美国大陆最南端的城市。毕肖普生于美国马萨诸塞州伍斯特市，幼时父亲病故，母亲精神失常，进入精神病院疗养，毕肖普由外祖父母、祖父母、叔伯等人轮流抚养长大。1938年，毕肖普在基韦斯特购置了一套房子。——译者注

[2] 美国一所女子文理学院。——译者注

[3] 美国知名女性教育家（1870—1948），曾任布林莫尔学院英语系主任。——译者注

[4] 又译丘纳德，远洋航行领域的先驱，久负盛名的奢华邮轮品牌，历史可追溯至1840年。——译者注

创作的《山》和《香波》也收录其中。《香波》描写了诗人在锡盆里为一位好友洗头的温情画面，却遭到《纽约客》和《诗刊》❶拒稿，即便毕肖普是两本杂志的重要撰稿人也无济于事。尽管毕肖普从未言明诗中朋友的性别，但仍能看出她在含蓄地表白新情人，即巴西富有的社交名媛、房地产开发商洛塔·德马塞多·苏亚雷斯。毕肖普的传记作者托马斯·特拉维萨诺认为，两本杂志很可能对这首诗潜在的同性恋主题感到不适。这一观点也得到了很多人的认可。

1942年，苏亚雷斯前往纽约，与毕肖普有一面之缘，从那以后，她对毕肖普的诗作一直赞誉有加。苏亚雷斯是巴西艺术界和贵族圈举足轻重的人物，也是为数不多毕肖普出行前就相约在里约热内卢见面的人。另一位是美国编辑、作家和评论家珀尔·卡津，曾与迪伦·托马斯❷相恋，最近与摄影师丈夫维克托·克拉夫特搬到巴西。1951年11月30日，毕肖普从圣保罗乘火车来到里约热内卢，卡津和玛丽·莫尔斯到车站迎接。玛丽·莫尔斯是苏亚雷斯在波士顿的管家、生意伙伴和旧日恋人。

毕肖普不久便入住苏亚雷斯的豪华顶层公寓。公寓位于莱米富人区❸安东尼奥·维埃

❶　英语国家最具影响力的诗刊之一，1912 年始创于美国。——译者注
❷　威尔士诗人（1914 —1953），诗作兼具现代主义和浪漫主义之风，以极富想象力的语言和生动的意象闻名，极大地革新了英国现代诗歌。——译者注
❸　巴西里约热内卢南区的一个中上阶级社区。——译者注

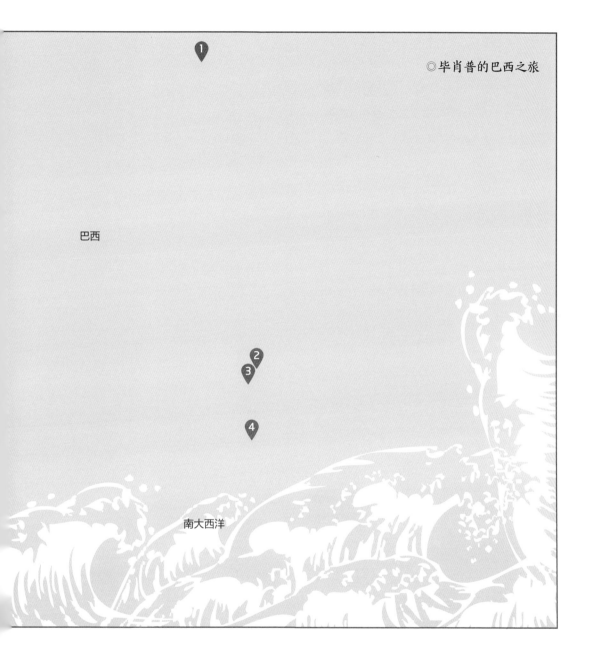

◎毕肖普的巴西之旅

巴西

南大西洋

◀ 上一页：巴西，奥尔冈斯
山脉国家公园

拉街5号，有一名女佣照顾苏亚雷斯的生活起居。从十一楼阳台望去，可以俯瞰全城景色和科帕卡巴纳海滩 ❶，美不胜收。苏亚雷斯不忘招待客人，亲自陪同毕肖普在首都 ❷ 游玩两天，并邀请毕肖普参观她的避暑庄园。庄园位于首都西部的奥尔冈斯山脉，由她与年轻的巴西现代主义建筑师塞尔吉奥·贝纳德斯联手设计。这套位于萨曼巴亚 ❸ 的房产，正好与帝国古城彼得罗波利斯 ❹ 遥遥相望，彼时还远未竣工。要到达庄园，需要乘坐苏亚雷斯的路虎车，在迂回盘旋的地形中行驶90分钟。

❶ 世界最有名的海滩之一，海岸线长达4千米左右。——译者注
❷ 当时巴西的首都是里约热内卢。1960年4月，巴西迁都巴西利亚。——译者注
❸ 巴西里约热内卢的城市。——译者注
❹ 巴西里约热内卢州的一座山城，始建于1845年，曾为巴西皇帝的避暑胜地。——译者注

毕肖普的祖父和父亲都从事过建筑行业，看到苏亚雷斯在这个风景优美的边陲小镇建造屋舍，毕肖普对她颇为心动，不过她还是打算继续旅行。结果她因食用腰果发生严重的过敏反应，先是住进彼得罗波利斯医院，后返回萨曼巴亚修养，无奈错过了前往火地岛的班次。毕肖普患病期间，苏亚雷斯悉心照顾，并邀请她一同住在巴西，毕肖普接受了提议。他们在如画山景中缠绵热恋，苏亚雷斯承诺在庄园主屋旁为毕肖普修建一间工作室。

一些作家对毕肖普的动机半信半疑，每每问起她为何搬到巴西，毕肖普都会说："我在巴西，是因为爱人也在这里。"然而，这对恋人历尽坎坷：毕肖普服用一种治疗哮喘的新药后酗酒住院；苏亚雷斯则接受了一项棘手的政府工作，必须将里约热内卢的一个垃圾场改造成公园（今弗拉门戈公园），迫使他们常居

于莱米社区的公寓里……两人之间的隔阂越来越大。1964年巴西发生军事政变❶，国内局势更是让她们渐行渐远。

毕肖普在巴西学习葡萄牙语，成为一名出色的巴西散文和诗歌英文译者，不过她总是不愿在公共场合说葡萄牙语。毕肖普拜读巴西作家阿莉塞·布兰特的畅销书《我的童年》❷，内容讲述19世纪90年代一个贫困女孩在迪亚曼蒂纳小镇❸成长的故事。毕肖普动了翻译这本书的念头，译作于1957年出版，名为《海伦娜·茉

莉日记》。她深受启发，着手撰写自己在加拿大新斯科舍省❹成长的经历。

毕肖普准备为"生命世界丛书"❺撰写一部有关巴西及其历史的专著，并将第二个家建在巴西东部埃斯皮尼亚苏山脉的欧鲁普雷图镇，取名"玛丽安娜住宅"。1967年9月，苏亚雷斯来到毕肖普在纽约的公寓❻，不久就因服用过量镇静剂去世。毕肖普遂回到玛丽安娜住宅。生命的最后十年里，她经常回到巴西，只是1968年之后不再以巴西为家。即便如此，巴西对她诗歌创作的意义依然不可估量。诗集《旅行的问题》收录了她1965年后的诗篇，审视了作家的本质及其与地域的关系，堪称一部里程碑式的作品。

❶　1961年9月，若昂·古拉特当选巴西总统，主张维护民族利益，对内进行一系列改革，对外采取独立的外交政策，遭到美国和国内右翼分子的反对。1964年美国参与策动巴西军事政变，推翻古拉特政府，巴西建立军事独裁政权，并推行亲美政策。——译者注
❷　阿莉塞·布兰特用笔名海伦娜·茉莉写下的自传体小说。——译者注
❸　巴西米纳斯吉拉斯州的一个市镇。——译者注

◀ 巴西，萨曼巴亚，洛塔·德马塞多·苏亚雷斯的庄园
▲ 巴西，欧鲁普雷图

❹　位于加拿大东南部。母亲入院后，毕肖普曾和外祖父母住在这里，后来祖父把她接到伍斯特抚养。——译者注
❺　美国出版商时代公司于1962年出版的系列丛书，每本书介绍一个国家或地区的风土人情。——译者注
❻　1966年，毕肖普经历一次痛苦的身心折磨后暂时回到纽约。——译者注

海因里希·伯尔：

·········钟情绿宝石岛 **❶**

海因里希·伯尔（1917—1985） 出生于德国科隆一个自由派天主教**❷**家庭。他勇于审视德国二战前后的历史，不惮反思二战留下的创伤。虽然他崇尚和平，反对纳粹主义，1939年仍应征加入德国纳粹国防军。他曾犀利自评，"不幸身披军装，心中常祈祷纳粹战败"。他被派往俄国和法国前线，四次负伤，逃跑被俘，关押在美国战俘营。二战结束后，他进入科隆大学学习，但为了专心写小说，决心辍学。伯尔早期的短篇小说（第一篇发表于1947年）以及语言凝练、发人深省的首部中篇小说《列车正点到达》（1949年出版），大多都取材于自己的从战经历，坚持反英雄式战争叙事。德国新闻界抨击伯尔的"废墟文学"**❸**，就在一片谴责声中，伯尔于1972年荣获诺贝尔文学奖。

1954年，短暂造访英国后，伯尔从利物浦搭乘轮船前往都柏林。登船那一刻，他发现身边的旅客来自"唯一一没有入侵历史的欧洲国家"**❹**，霎时感到惊喜无比。他乘坐火车和汽车穿行爱尔兰，游历都柏林、韦斯特波特**❺**和梅奥村，沿途观察爱尔兰人工作、休闲和娱乐。他发现爱尔兰人的饮茶量大得惊人，"每个爱尔兰人每年喝下的茶水，能灌满一个小型游泳池"。伯尔还发现，他们的时间观念轻松随意，"爱尔兰人说，上帝创造时间的时候大方得很"。伯尔记述了一个生动的例子：爱尔兰西北海岸阿基尔岛的基尔村影院不遵守原定放映时间，而是等神甫到齐才开映。伯尔欣赏爱尔兰人对逆境生性乐观的态度。他写道：

"在德国，如果碰上误火车、腿摔断、破产等糟心事儿，我们会说：真是太背了；做什么都倒大霉。爱尔兰人则截然相反，无论是断了腿，误了火车，还是破了产，他们会说：事

---

❶ 即爱尔兰岛，因植被覆盖率高，像绿宝石一样苍翠，故又名"绿宝石岛"。——译者注

❷ 追求思想自由，主张重新阐释传统教义，以适应现代化发展。——译者注

❸ 二战结束之后，德国满目疮痍，青年一代德国作家以战后现实为背景，描写法西斯战争带来的深重灾难以及给人们造成的精神创伤。他们的作品被称为"废墟文学"。——译者注

---

❹ 指爱尔兰。——译者注

❺ 爱尔兰西海岸梅奥郡的一座小镇。——译者注

情还不算糟。幸好断的是腿，不是脖子；幸好错过的是火车，不是天堂。"

接下来几年，伯尔每个夏天都会去爱尔兰。1958年，他在阿基尔岛买了一套房子，此后每年都会去那里，一直到1973年。

爱尔兰在二战期间保持中立，幸免于炮火，而伯尔的家乡科隆等城市则被夷为废墟。不过，伯尔在《爱尔兰日记》中记述，20世纪50年代至60年代，爱尔兰贫穷落后，缺少工作机会，很多年轻人被迫移民，不少村庄已人去屋空。《爱尔兰日记》属于纪行作品，包含多篇富有爱尔兰风情的文章，最初是应《法兰克福汇报》[1]之请而作，1957年在德国付梓，在德国掀起爱尔兰旅游潮。爱尔兰作家芬坦·奥图尔指出，讽刺的是，就在"移民规模到达顶峰"之际，伯尔扭转了爱尔兰的名声，"人们不再逃离爱尔兰，而是逃往爱尔兰"，至少西德人是这么想的。

伯尔对这种转变谈不上满心欢喜，对爱尔兰过快的发展步伐也不甚满意。修女在报纸上销声匿迹，让他甚为遗憾，"避孕药"[2]的出现尤其令他担忧。但他从不否认，对爱尔兰人来说，转变或许是件好事。1973年后，他不再到阿基尔岛度假，只于10年后（去世前两年）

---

1. 利物浦
2. 都柏林
3. 韦斯特波特
4. 梅奥村
5. 阿基尔岛

◎伯尔的爱尔兰之旅

---

❶ 1949年创刊，德国影响力最大的报纸之一。——译者注

❷ 避孕药传到爱尔兰后，在减轻人口负担方面功不可没。信仰天主教的伯尔对出生率下降感到沮丧，因为他喜欢孩子，相信孩子的降生是上帝的旨意，认为避孕药有违自然规律。在《爱尔兰日记》后记中，他称避孕药为"不祥之物"。——译者注

回去看过一次。他的爱尔兰度假故居保存至今，四周遍布泥炭沼泽，站在门前放眼望去，大西洋里多少爱尔兰人乘风破浪，到彼岸的美国开启新生活。

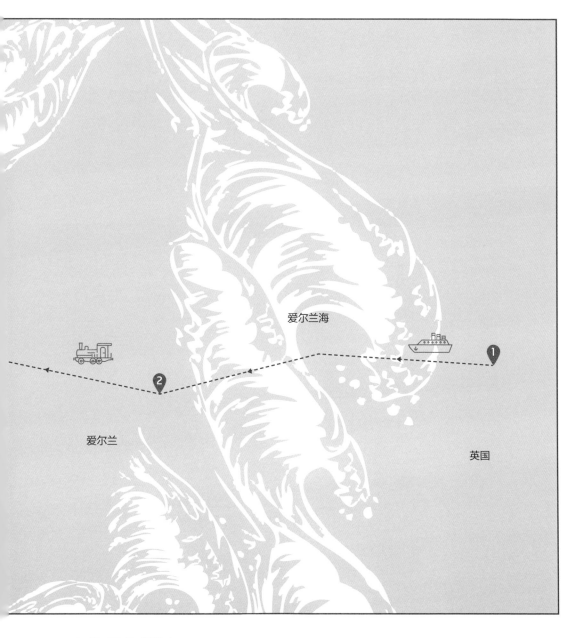

爱尔兰海

爱尔兰

英国

◀ 上一页：爱尔兰，阿基尔岛

刘易斯·卡罗尔：

::::::::::: 俄罗斯漫游奇境记

轮船、火车图标

查尔斯·勒特威奇·道奇森（1832—1898）既是作家，又是数学家和大学教师，他的笔名刘易斯·卡罗尔或许更为世人熟悉。卡罗尔是虔诚的教徒，非常热衷英国国教会[1]的神学辩论。卡罗尔出身于英国国教会牧师家庭，注定要继承神职，最终，他于1861年出任执事。然而，他生性与神职格格不入，所以决心做学问，在牛津大学基督堂学院教授数学。有传闻称，学生发现道奇森就是卡罗尔的时候，简直难以置信，这位古板的老学究，竟能写出《爱丽丝漫游奇境记》这样妙趣横生的作品。

1867年7月4日，即爱丽丝·利德尔小姐[2]收到《爱丽丝漫游奇境记》原始手稿两年后，卡罗尔与朋友亨利·利登博士结伴去俄国消暑。利登博士是牛津大学教授、神学家。他们倒也不全是为了消遣，同时也希望与东正教教会建立联络。

两人于7月13日从多佛乘船到加来，随后取道布鲁塞尔、科隆、柏林（在此参观了最富丽的犹太教堂）、格但斯克（时称但泽）[3]、加里宁格勒（时称柯尼斯堡）[4]，7月27日乘火车抵达圣彼得堡。卡罗尔发现俄罗斯帝国的首都处处新奇。他们花了几天时间，漫游圣彼得堡及周边地区。卡罗尔格外喜欢那里宽阔的街道，熙熙攘攘，"人声鼎沸"；"教堂巍然耸立，穹顶漆成蓝色，上面点缀着金星"；"海军部附近有一座精致的彼得大帝骑马雕像"。他们还乘坐轮船，"沿着风平浪静、含盐量低

---

[1] 又称英国圣公会，信仰基督教新教的安立甘宗。——译者注

[2] 卡罗尔经常与小女孩往来，其中一位名为爱丽丝·利德尔的女孩最讨卡罗尔喜欢，成为卡罗尔摄影作品里最常见的身影之一。1862年，卡罗尔带着利德尔三姐妹泛舟于泰晤士河。在船上，卡罗尔即兴讲了一位小姑娘到地下探险的故事，主人公的名字就叫爱丽丝。游玩结束后，卡罗尔将故事写下来并自绘插图，将手稿送给爱丽丝·利德尔。后来，故事经过卡罗尔的扩充和修改，以《爱丽丝漫游奇境记》问世。爱丽丝·利德尔公认是这本书的人物原型，但她本人并不承认。——译者注

[3] 波兰北部最大的城市、重要港口，位于波罗的海沿岸。——译者注

[4] 今俄罗斯加里宁格勒州的首府。当时是德国的领土，1945年柯尼斯堡战役后归俄国所有。——译者注

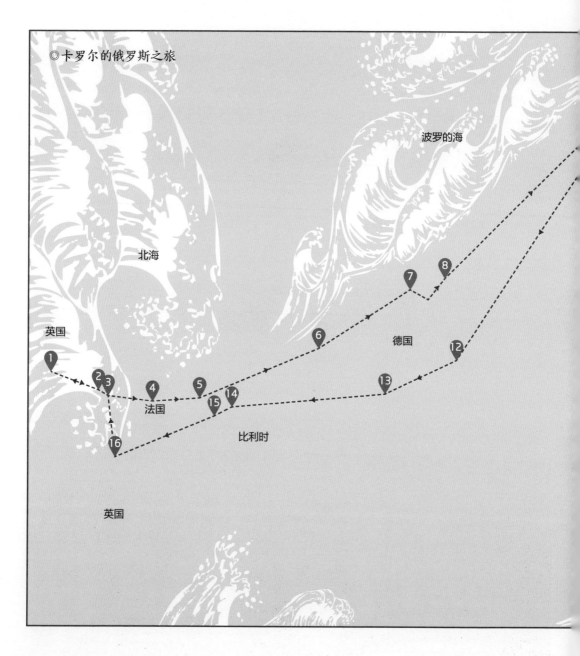

◎卡罗尔的俄罗斯之旅

波罗的海

北海

英国

德国

法国

比利时

英国

◀ 上一页：莫斯科，圣瓦西里升天教堂

▶ 下一页：圣彼得堡，圣以撒大教堂上方，圣徒马太雕像

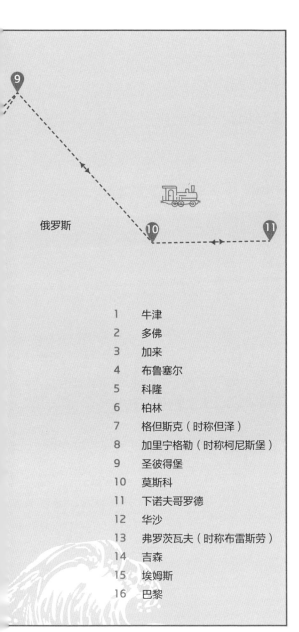

的芬兰湾 **❶**"航行32千米，前往彼得夏宫 **❷**。卡罗尔认为，彼得夏宫的园林堂皇奢华，腓特烈大帝在德国波茨坦的无忧宫 **❸** 也相形见绌。

8月2日，他们加了两卢布换成卧铺，乘坐火车到达莫斯科。到了莫斯科后，他们神思恍惚。卡罗尔记述，来到莫斯科的第一天，感觉这座城市像一个旋涡，令人眼花缭乱，排列布局似乎违背了透视法则。他写道：

"我们花了五六个小时，漫步于这座美丽的城市。白色的房子和绿色的屋顶映入眼帘；锥形塔楼拔地而起，层层叠叠，宛若镜头收缩的望远镜；圆鼓鼓的镀金穹顶犹如镜面，映照出城市变形的面目；教堂形似一簇簇仙人掌，长着带刺的花蕾，色彩斑斓，有绿有蓝，有红有白；教堂内挂满圣像和圣灯，一排排彩绘延伸至屋顶；道路如同犁过的田地连绵起伏；马车夫执意加收三成酬劳，'因为当天是皇后的生日'。"

卡罗尔在游记中把莫斯科比作镜面游乐园，镜阵不断倒映城市的景象，无休止地扭曲城市的面貌。因此，有文学研究者推断，卡罗

---

❶ 波罗的海东部海湾。——译者注
❷ 俄罗斯彼得大帝（1672—1725在位）的夏日避暑行宫，位于圣彼得堡，由宫殿以及众多喷泉、草坪、花园、园林、雕塑等组成，设计与装饰极其奢华。——译者注
❸ 普鲁士国王腓特烈大帝（1740—1786在位）的夏宫，豪华气派，有宫殿、喷水池、雕塑、花园、园林等景观，最大的特点之一是宫殿前的葡萄园阶梯。——译者注

尔在莫斯科开始酝酿《爱丽丝镜中奇遇记》，为1871年出版的《爱丽丝漫游奇境记》撰写续集。

8月5日，卡罗尔和利登到彼得罗夫斯基修道院❶，参加清晨六点一场特别的礼拜仪式，庆祝修道院成立周年纪念日。随后，他们参观了圣瓦西里升天教堂❷，卡罗尔觉得这座教堂"里外一样别致，几乎可以用'钟灵毓秀'来形容"。他们还走访了财政部，发现宝座、王冠和珠宝俯拾皆是，卡罗尔"不禁感叹这三样物品比黑莓还要常见"。晚饭后，他们去圣瓦西里升天教堂出席一场俄式婚礼，卡罗尔夸赞"这场典礼趣味十足"。于他而言，最精彩的莫过于执事的朗诵，他从未听过如此悦耳的低沉嗓音。

翌日，他们经历了一段颇为煎熬的火车之旅。由于卧铺"是这列火车神秘的奢侈品"，所以他们乘坐"普通二等车厢"，到下诺夫哥罗德❸游逛马卡里耶夫集市。卡罗尔称赞马卡里耶夫集市是一个奇妙的地方，但他认为："集市上所有新奇的事物，都被鞑靼清真寺和日落时分的祷告声夺去光芒。""祷告声在空中回响，暗含难以言喻的哀伤，如幽灵一般。"

最难忘的经历发生于一周后。8月12日，莫斯科副主教莱奥尼德带他们到圣三一修道院❹，谒见瓦西里·德罗兹多夫·菲拉列特。菲拉列特时任莫斯科大主教，是19世纪俄罗斯东正教最有权势的人物之一。

一周后，卡罗尔和利登启程回国，8月19日离开莫斯科前往圣彼得堡，然后途经华沙（卡罗尔眼中最嘈杂、最脏乱的城市之一）、弗罗茨瓦夫（时称布雷斯劳）❺、吉森❻、埃姆斯❼、巴黎和加来，最终回到牛津。

这是卡罗尔唯一一次出国。1935年，卡罗尔去世近40年，他的俄国游记才付梓，喜欢爱丽丝冒险故事的忠实书迷，终于等来了卡罗尔游历各大城市的真实故事，这些旅程无不像他精心构想的奇境一样光怪陆离。

❶ 位于莫斯科中心地带的东正教修道院，大约建于14世纪20年代。——译者注
❷ 位于莫斯科红场的东正教教堂，由沙皇伊凡四世为纪念战胜蒙古军下令而建，1561年建成。——译者注
❸ 俄国西部下诺夫哥罗德州首府。——译者注

❹ 俄罗斯最古老、最重要的东正教修道院之一，建于1337年。——译者注
❺ 波兰西南部的一座城市。——译者注
❻ 德国中部黑森州的一座城市。——译者注
❼ 今德国巴特埃姆斯，位于德国西部、拉恩河畔的一座温泉小镇。——译者注

◄ 威尼斯—辛普朗—东方快车旧海报

阿加莎·克里斯蒂:

⋯⋯⋯⋯⋯⋯搭乘东方快车

阿加莎·克里斯蒂（1890—1976）的作品中常出现"列车"元素。阿加莎是一位颇具神秘色彩的高产作家，在很多小说的书名或情节中，譬如《蓝色列车之谜》《ABC谋杀案》《4:50从帕丁顿出发》，她都曾信手借用列车的车次、时刻表和指南手册。帕丁顿是伦敦的一个地铁终点站，《4:50从帕丁顿出发》在美国出版时，阿加莎担心读者可能不大熟悉这个车站，因此特意将美版书名改为《命案目睹记》。一个周末，企鹅出版商艾伦·莱恩去德文郡拜访阿加莎，回程途中到埃克塞特火车站的报亭买书，却发现陈列的书籍全都质量低劣。他灵光闪现，决定出版大量价格实惠、质量上乘的平装书[1]。企鹅出版的首套平装书包含十本名著，阿加莎的处女作《斯泰尔斯庄园奇案》就是其中之一。

《斯泰尔斯庄园奇案》于1921年首度出版，一个经久不衰、风靡全球的侦探小说人物——比利时侦探赫尔克里·波洛由此诞生。他年迈体衰，个子矮小，蓄着用蜡定型的小胡子，口音怪异，智力超群，极擅长富推理，可以说是当时的英国作家最喜欢塑造的欧洲人形象。第一次世界大战期间，阿加莎在家乡托基[2]的一家医院工作，结识了侨居当地的比利时难民，并以他们为原型构思了波洛侦探的形象。医务工作让阿加莎有机会了解毒药，后来她在小说中巧妙地运用毒药布置残忍的作案手法：悲愤的太太用以杀害不忠的丈夫；不满的佣人用以报复鄙吝的雇主等。

阿加莎还十分熟悉国际卧铺车公司[3]的列车线路、途经站点、乘客类型、杂役、乘务员、丰盛的餐车和豪华的卧车，为《东方快车谋杀

---

[1] 1935年以前，英国图书大多为精装本，价格昂贵，平民百姓负担不起，而便宜的平装书基本是老旧低质的内容。1935年，艾伦·莱恩创办企鹅出版社，致力于发行优质实惠的平装书。平装书的推广颠覆了英国乃至全世界的出版行业，打开了大众阅读市场。——译者注

[2] 英格兰西南部德文郡的海滨城镇。——译者注
[3] 成立于1872年的法国公司，专注打造舒适豪华旅行品牌，以列车餐饮和卧铺车服务闻名，曾是东方快车的运营商。——译者注

案》（美国出版商更名为《加来车厢谋杀案》）平添了几分真实感。20世纪30年代，东方快车成为异域风情和洲际旅行的代名词。阿加莎对东方快车有着特殊的感情，远非慵懒的旅客或无聊的通勤人员可比。初登东方快车时，她与首任丈夫阿奇博尔德·克里斯蒂（小名"阿奇"）刚刚离异，心绪波动难安。这列快车将见证她释怀阿奇的背叛，重新迎来炽热的爱情——她将与比自己年轻14岁的考古学家马克斯·马洛温相恋并结为夫妇。

一战爆发前的"美好年代"❶，东方快车每日停靠维也纳，每周两班开往布达佩斯，三班开往伊斯坦布尔（时称君士坦丁堡）。几十年间，国际卧铺车公司的业务不断拓展，线路也几经调整，增设了开往雅典的支线；1919年起，东南方向的列车也开始运营，名为辛普朗—东方快车（以瑞士辛普朗隧道命名）❷，连接起洛桑❸、米兰、威尼斯、贝尔格莱德和索非亚❹。1928年，阿加莎首次登上这列南行快车的二等车厢，时隔六年，波洛也在小说里乘坐这辆列车。

阿加莎同意与阿奇离婚后，才突然产生旅行的念头。1977年，阿加莎的自传在她去世后出版，文中提到，她在婚姻生活结束后，想逃离英国阴郁的冬天，于是订票去西印度群岛

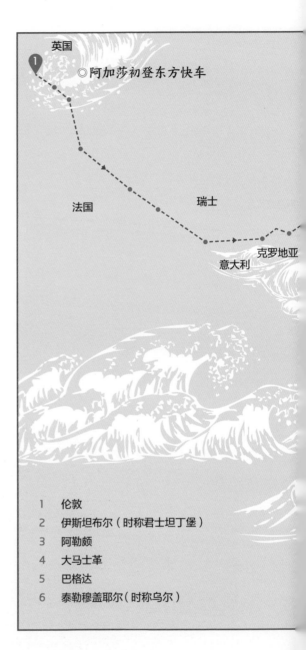

◎阿加莎初登东方快车

1　伦敦
2　伊斯坦布尔（时称君士坦丁堡）
3　阿勒颇
4　大马士革
5　巴格达
6　泰勒穆盖耶尔（时称乌尔）

❶ 指欧洲从1871年普法战争结束到一战爆发前相对和平繁荣的一段时期。——译者注
❷ 1919年，瑞士辛普朗隧道贯通。——译者注
❸ 瑞士西南部法语区城市。——译者注
❹ 保加利亚首都，位于保加利亚中西部。——译者注

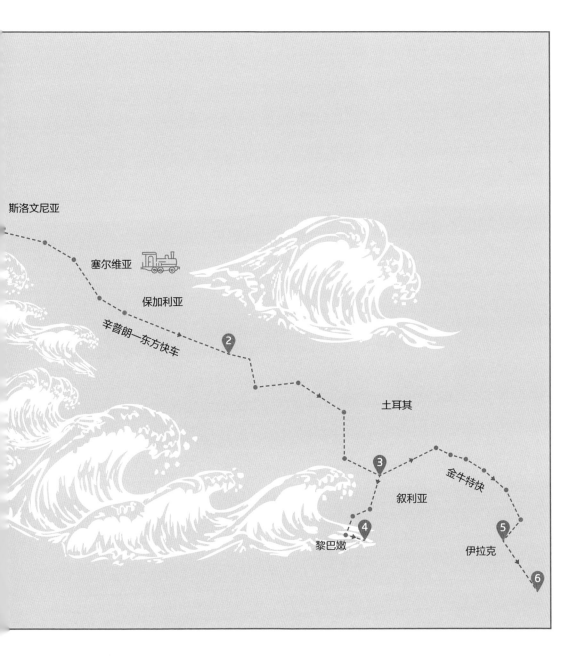

◄ 上一页：伊斯坦布尔

度假。出发前两天，她随伦敦的几位朋友外出吃饭，结识了刚从波斯湾驻防归来的海军司令及其夫人。司令夫妇谈起巴格达这座魅力之城，并强烈推荐阿加莎也去看看。阿加莎原以为"得乘船去"，却欣然得知可以"搭乘火车——东方快车"。她在传记中写道："我一直都想乘坐东方快车，去法国、西班牙、意大利旅行时，常常望见它在加来停靠，非常渴望登上这辆列车。辛普朗—东方快车，一路驶向米兰、贝尔格莱德、伊斯坦布尔……"翌日清晨，阿加莎退掉去西印度群岛的票，改订辛普朗—东方快车，路线是先到伊斯坦布尔，再到大马士革，最终抵达巴格达。

这趟精心策划的旅行固然意义非凡，而同样特别的是，她将独自踏上旅程。她算得上经验丰富的旅者，1922年曾环游世界，即便如此，这还是她头一回孤身游历异国他乡。

她事后回忆，这场旅行"正和想象中一样"。列车驶过的里雅斯特 ❶，穿行于南斯拉夫和巴尔干半岛。她回忆道："凭窗眺望，眼前世界景色全异，魅力奇特：掠过峡谷，望着牛车和别致的货运马车，观察站台上的人群，在尼什 ❷ 和贝尔格莱德等地偶尔下车转转，看着

偌大的车头换成涂着全新字母和符号的庞然大物。" ❸ 她逐渐适应独自旅行，并领悟道："一个人出游，才明白世界充满关怀和善意。"

在伊拉克，阿加莎游览坐落于乌尔（今泰勒穆盖耶尔）❹ 的巴比伦古城遗址，结识了英国考古学家伦纳德·伍利及其夫人凯瑟琳。夫人恰巧最近读完阿加莎的著作《罗杰疑案》，三人从此成为交情长青的好友。次年，阿加莎受邀重访乌尔，邂逅了伍利的助手马克斯·马洛温。一封电报突如其来，传来女儿罗莎琳重度肺炎的消息，阿加莎只好提前结束行程。所幸罗莎琳的病情逐渐好转，不过马洛温还是决定护送阿加莎返回伦敦，途中一同搭乘辛普朗—东方快车。同年晚些时候，他们又乘坐这辆东行的列车，前往威尼斯和杜布罗夫尼克 ❺ 欢度蜜月。

此后，阿加莎便常常跟着马洛温，辗转中东地区考古挖掘，有时还会远赴埃及。来往这些地点，总是少不了东方快车，游历之处也都恰如其分地出现在《美索不达米亚谋杀案》和《尼罗河上的惨案》等小说中。为躲避中东极端炎热的天气，马洛温的考古工作几乎只在冬日进行。值得注意的是，《东方快车谋杀案》

---

❶ 意大利东北部海港城市。——译者注
❷ 塞尔维亚第三大城市，位于塞尔维亚东南部。——译者注

❸ 参见《阿加莎·克里斯蒂自传》，阿加莎著，詹晓宁、李晓群、田玲、刘黛铭译，新华出版社1986年出版，第170页。略有改动。
❹ 古代美索不达米亚南部（苏美尔）最古老的城市之一，位于今伊拉克首都巴格达东南部。——译者注
❺ 克罗地亚东南部港口城市，建于七世纪的历史古城。——译者注

◀ 上一页：伊拉克，乌尔，金字形神塔

正好也设定在冬日；火车深陷积雪无法前行，成为至关重要的情节。

《东方快车谋杀案》开篇是凌晨五点，晨光熹微，天气严寒，预报说巴尔干半岛将迎来降雪。波洛从阿勒颇 ❶ 登上开往伊斯坦布尔的金牛特快 ❷，车内没几个乘客。波洛刚刚侦破叙利亚的一起案件，打算到伊斯坦布尔游玩几天。可惜，和阿加莎一样，他也收到一封紧急电报，急忙赶回伦敦。他搭乘下一班开往加来的辛普朗—东方快车，不出所料，正值旺季，天气又冷，车内人满为患，好不容易才找到一个卧铺。

考虑到读者也许尚未读过这本小说，或者还未看过改编电影，下文不再透露后续剧情，以免破坏兴致。不过，若想详细了解国际卧铺车公司当时推出的午夜蓝金车厢，阿加莎的这部小说无疑不容错过。作者还不厌其烦地详述了一长串发车时间、到达时间、餐车供餐时间，俨然成为当代《贝德克尔旅游指南》❸ 或《布拉德肖指南》❹。波洛的同乘旅客来自世界各地，形象刻板滑稽（白俄罗斯人、意大利人、英国人、瑞典人、美国人），显然都是阿加莎在快车旅途中遇到的群体。不同的是，众所周知，

现实中与她同在餐车用餐的旅客无人遇刺身亡。

二战后，辛普朗—东方快车乘客减少；冷战爆发，东部线路被铁幕阻隔。辛普朗—东方快车经营惨淡，历尽坎坷终至倒闭。1962年，一辆速度较慢、设计朴素的列车取代东方快车，以近乎打擦边球的方式命名为"直通东方快车"。新快车顽强运行了15年，于1977年5月20日完全停运。1976年1月，阿加莎与世长辞，此前，她已经很久没坐过东方快车了。1948年，企鹅出版社首次出版《东方快车谋杀案》平装本，同年阿加莎重访伊拉克。回想起这段经历，她在自传里写道："这一次，我们没有乘坐东方快车，唉！它不再是最划算的交通工具了……这次坐的是飞机，开启乏味的空中之旅，仿佛例行公事一般。"

❶ 叙利亚西北部城市，是世界上公认的最古老的人类定居点之一。——译者注
❷ 一译"托罗斯快车"。——译者注
❸ 19世纪德国出版商卡尔·贝德克尔出版的旅游指南，手册囊括欧洲各国，内容丰富，便于携带。——译者注
❹ 1847年，英国印刷商布拉德肖（Bradshaw）出版的第一批大陆铁路指南。——译者注

柯林斯和狄更斯：

⋯⋯⋯⋯⋯ 坎布里亚之行少闲适

阿伦比面积不大，位于索尔韦湾 ❶ 畔，是坎布里亚郡 ❷ 的度假胜地。"希普旅馆"就坐落在这个小村庄里，旅馆墙上挂有一块铭牌，上面刻着"1857年9月9日（星期三），威尔基·柯林斯（1824—1889）和查尔斯·狄更斯（1812—1870）下榻于此"。旅馆的记事簿上记录，柯林斯和狄更斯在此留宿两日，午餐喜欢享用红酒和啤酒，晚餐习惯搭配茶和白兰地，还有柠檬水和黑啤酒。两天前，即9月7日，他们从伦敦尤斯顿车站出发，乘地铁到达卡莱尔 ❸，漫游坎布里亚郡北部。

柯林斯的父亲是一位著名的风景画家。1851年左右，经画家奥古斯塔斯·埃格 ❹ 介绍，柯林斯结识了狄更斯。柯林斯比狄更斯年轻12岁，刚踏足小说界的他十分敬畏狄更斯。狄更斯发现柯林斯颇具天分，将其收入门下，指导他写作，并在自创的周刊《家常话》(Household Words) 和《一年四季》上刊登其作品。

借英国传记作家克莱尔·托玛琳之言，柯林斯成为"狄更斯多次消闲放松和短途旅游的最佳游伴"。狄更斯称，1857年的旅行是为了给即将发表在《家常话》的《两个懒学徒漫游记》积累丰富素材，而真实原因可能是，婚姻不如意的狄更斯想去见见18岁的女伶埃伦·特南 ❺。狄更斯第一次遇见她，是在1857年初夏。此后不久，特南到唐克斯特 ❻ 皇家剧院出演戏剧《衬裙之宠》❼。

8月29日，狄更斯在致柯林斯的信中首次提起旅行的打算，并表露了内心的挣扎："我

---

❶ 位于英格兰西北部和苏格兰西南部交界处。——译者注
❷ 位于英格兰西北部，1974年由坎伯兰郡、威斯特摩兰郡、部分兰开夏郡和部分约克郡合并而成。——译者注
❸ 坎布里亚郡首府。——译者注
❹ 英国画家（1816—1863），画作题材主要围绕历史、轶事、风俗、文学等。同时热爱戏剧表演，是一名颇有天赋的演员。——译者注

❺ 狄更斯的秘密情妇（1839—1914）。——译者注
❻ 英格兰中北部南约克郡的城镇。——译者注
❼ 1832年由英国编剧、演员约翰·鲍德温·巴克斯通（John Baldwin Buckstone）创作的三幕戏剧。——译者注

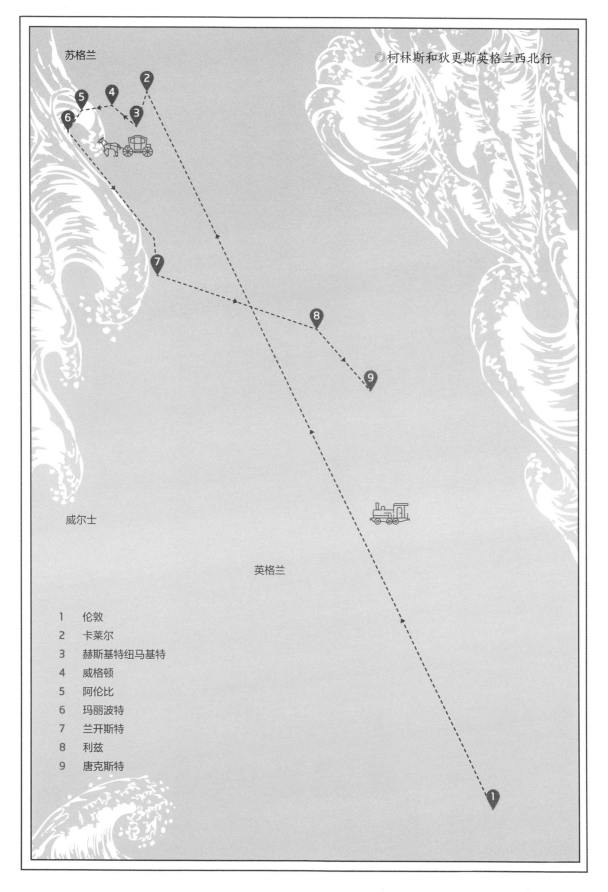

苏格兰

© 柯林斯和狄更斯英格兰西北行

威尔士

英格兰

1	伦敦
2	卡莱尔
3	赫斯基特纽马基特
4	威格顿
5	阿伦比
6	玛丽波特
7	兰开斯特
8	利兹
9	唐克斯特

想逃离自己。"虽然起初他表示不太在意去哪里，实则早已明确目的地，因为在离开伦敦前，他已经订好唐克斯特的旅馆。《两个懒学徒漫游记》末章详细描绘了他们对唐克斯特的印象。时值赛马会，唐克斯特迎来最热闹的时候。他们写道："空中依稀回荡着'敬赛马'和'敬比赛'的嘶吼，午夜时分才消停。"最后只有"醉酒人偶尔几句哼唱和零星几声叫喊"。

某种程度上说，此次旅行以看到动物开始，以动物陪伴结束。行程伊始，柯林斯和狄更斯在卡莱尔过夜，醒来后发现整座城市"纷纷攘攘，喧闹嘈杂"。原来恰逢赶集日，"牛市、羊市、猪市"和谷市如火如荼，街头卖木屐、

帽子的小贩奋力吆喝。他们启程前往约22千米外的赫斯基特纽–马基特村❶，入住当地一家舒适的旅馆，吃完燕麦饼，喝完威士忌，再去寻找"坎布里亚郡古老的黑山，名叫卡洛克或卡洛克山❷"。狄更斯登山心切，柯林斯却忧心忡忡。他的疑虑或许不无道理，因为上山那天下午，雨势很大，整座山很快就"笼罩在比伦敦还要浓得多的雾气中"。罗盘也损坏了，他

❶　坎布里亚郡的一个小村庄，位于卡莱尔南部。——译者注

❷　又译"卡里克山"，位于坎布里亚郡湖区国家公园北部，主要由灰黑色的辉长岩构成。辉长岩是一种粗糙的岩浆岩，适合攀登。——译者注

THE RAILWAY STATION AT DONCASTER.

们辨不清方向，无头苍蝇般沿着山坡摸索下山的路，柯林斯还扭伤了脚踝。到了山谷，他们更换衣服，喝了很多威士忌。狄更斯把嘴里的威士忌喷在柯林斯的患处，并抹上油，帮助消肿解痛。接着，他们乘坐一辆带篷小马车到达集镇威格顿 ❶，狄更斯将柯林斯送往一位名叫斯

___

❶ 位于坎布里亚郡阿勒代尔区，是离赫斯基特纽马基特村最近的城镇。——译者注

◀ 英格兰，湖区，卡洛克山峰　▶ 女伶埃伦·特南肖像，约1860年摄

▲《唐克斯特火车站》木刻版画，《伦敦新闻画报》1849年9月15日刊

佩迪医生的家，接受更专业的治疗。

　　之后，他们从威格顿出发，来到海水疗养胜地阿伦比村，希望海洋的气息和苏格兰海岸的景色能帮助柯林斯恢复精神。这个小村庄之所以成为旅游胜地，主要是因为沙滩上有一头驴。这里风光宜人，但没什么娱乐活动。如果要收信件，狄更斯只能让柯林斯侧卧在"希普旅馆"的沙发上，自己走到附近的玛丽波特 ❶。最终，两人决定到兰开斯特 ❷ 冒险，然后短暂地拜访利兹 ❸，最后再去唐克斯特。

　　1857年10月3日至31日，《两个懒学徒漫游记》开始在《家常话》连载，此后直至狄更斯去世都未再版。两位作家的英格兰北行记（对柯林斯来说或许是劫难）在文学史上名垂青史。1859年，柯林斯创作小说《白衣女人》，把部分情节设在自己在坎布里亚郡游历过的地方。书中里蒙里基庄园的原型正是玛丽波特外的尤恩里格别墅 ❹。小说在《一年四季》上连载。

---

❶　阿伦比以南约8千米处，索尔韦湾最南端的小镇。——译者注
❷　英格兰兰开夏郡的城市。——译者注
❸　英格兰北部西约克郡首府。——译者注
❹　位于玛丽波特郊区的石质建筑，享有索尔韦湾和远处苏格兰山脉景色。——译者注

约瑟夫·康拉德：

直面刚果的殖民暴行

谈及比属刚果[1]之行，以及1899年据此发表的小说《黑暗的心》，约瑟夫·康拉德（1857—1924）曾表示，这本书"内容有点言过其实，但只有一丁点儿"。康拉德原名约瑟夫·特奥多·康拉德·科尔泽尼奥夫斯基，出生于波兰曾经的殖民地乌克兰波多利亚[2]，幼时爱读弗雷德里克·马里亚特船长[3]笔下著名的航海冒险小说。康拉德16岁就作为水手出海，开始周游世界。

自从广泛熟读芒戈·帕克[4]等欧洲探险家的故事后，康拉德一直立志要去西非。芒戈·帕克为探寻尼日尔河源头殒命，他的传奇故事为各大男孩杂志[5]竞相载述。1891年，康拉德终于迎来机会，他被任命为刚果自由邦[6]一艘比利时汽船的船长，前任船长达内·约翰内斯·弗赖斯莱本在与几位当地人发生争执后被杀。这种情况下接任，自然有些不吉利，但也不是头一回了，以前他也接管过因前任遭暴力致死空出来的职位。康拉德渴望游历非洲，按捺不住前去工作的热忱，他与刚果河流域主要的贸易公司"比利时驻刚果河上游地区商业有限公司"[7]签订了为期三年的合同。但是短短六个月的非洲经历让他身心留下了永久的创伤。

从1865年到1908年，刚果自由邦完全沦为

---

[1] 1908 年到 1960 年刚果（金）被比利时政府殖民时的旧称，1960 年获得独立。——译者注
[2] 大致位于今乌克兰西部的赫梅利尼茨基州中南部和文尼察州，当时由沙俄统治。14 世纪，波兰吞并乌克兰波多利亚地区，1793 年该地区部分割让给俄罗斯帝国，成为俄罗斯帝国波多利亚省，二战后并入苏联的乌克兰苏维埃社会主义共和国（1991 年宣布独立）。——译者注
[3] 英国皇家海军军官，因开创航海冒险小说闻名。——译者注
[4] 探险西非的英国探险家（1771—1806），他是最先考察尼日尔河的西方人之一。——译者注

[5] 19 世纪中叶至 20 世纪中叶，英美等国创办了许多专供男孩阅读的杂志、故事报、新闻报等。——译者注
[6] 1884 年至 1908 年，刚果（金）在比利时国王利奥波德二世（1865—1909 在位）私人统治下的旧称。——译者注
[7] 首个殖民刚果自由邦的比利时公司，创立于 1886 年，在刚果河流域经营多个贸易站，出口象牙、橡胶等当地产品。——译者注

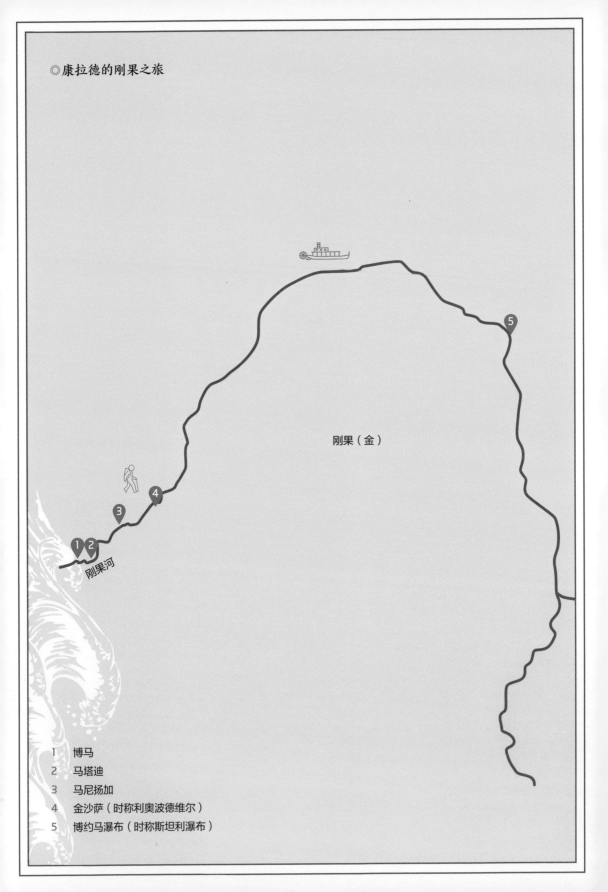

◎康拉德的刚果之旅

刚果（金）

刚果河

1 博马

2 马塔迪

3 马尼扬加

4 金沙萨（时称利奥波德维尔）

5 博约马瀑布（时称斯坦利瀑布）

比利时国王利奥波德二世的私人领地。比利时官方有套说辞，即比利时正把刚果自由邦从野蛮中拯救出来。这也是为殖民占领、侵略压迫，以及肆意剥削非洲人民和掠夺非洲大陆资源辩护的常用伎俩。康拉德和许多欧洲白人一样一度对此深信不疑，但他很快就发现，这种自私欺人的宣传根本经不起推敲。

1891年5月10日，康拉德从波尔多港登上"马塞约城号"，启航前往非洲。轮船在加那利群岛❶的特内里费岛短暂停靠，然后沿着非洲西海岸继续向南航行，依次在塞内加尔的达喀尔、几内亚的科纳克里、塞拉利昂的弗里敦、贝宁的科托努和加蓬的利伯维尔停泊，最后驶入刚果河河口，于6月12日抵达刚果自由邦的首都博马。

翌日，康拉德乘汽船航行至刚果河上游的马塔迪❷，与罗杰·凯斯门特同宿。罗杰·凯斯门特是爱尔兰共和派❸活动家、外交官和英国领事，因在法庭上揭露刚果和秘鲁土著遭受虐待而受封爵士，后因叛国罪被处决。可以说，凯斯门特是康拉德在非洲唯一真心认可的欧洲人。康拉德在6月13日的日记中记述了他们的第一次相遇："有幸结识罗杰·凯斯门特先生，怎么说都是乐事一桩，如今看更是一件幸事。

他勤思善言，聪明绝顶，极富同情心。"

两人相伴两周后，6月28日，康拉德与另一名同伴普罗斯珀·阿鲁带着21位船员离开，准备前往金沙萨（时称利奥波德维尔）❹继任船长。然而，由于刚果河无法通航，铁路也还没有建成，他们不得不长途跋涉，且旅途艰苦，炎炎烈日下，道旁躺满了腐烂的尸体，一路上还饱受蚊叮虫咬，康拉德和阿鲁发烧病倒，被抬着走了很长一段路，8月2日到了金沙萨，两人已经虚脱力尽，病弱不堪。

之后，康拉德被派去"比利时国王号"❺，船上有30名非洲船员。他涉险驶往上游的博约马瀑布（时称斯坦利瀑布），一路目睹了比利时象牙猎人和商业公司员工令人发指的残忍暴行；看着刚果人在极度恶劣的条件下费力劳作；许多村庄不是被遗弃，就是化为废墟；大片乡间林地被砍伐殆尽。"比利时国王号"于9月1日停靠在博约马瀑布，六天后驶回下游的金沙萨。此时乔治-安托万·克莱因也在船上，他是比利时驻博约马瀑布商业有限公司的代理人。克莱因患有严重痢疾，丧命于回航途中。有读者推测，他可能是《黑暗的心》中库尔茨的原型。库尔茨是凶残的象牙商人，也是乘汽船驶往下游时死于丛林热。

❶ 非洲西北海域的岛屿群，西班牙的一个自治区。——译者注
❷ 刚果（金）主要的港口城市。——译者注
❸ 主张爱尔兰脱离英国统治建立共和国。——译者注
❹ 1923年始取代博马成为首都。——译者注
❺ 康拉德原定接管弗赖斯莱本的"佛罗里达号"，但是这条船正瘫痪待修，于是商业公司派他去指挥"比利时国王号"。——译者注

9月24日，"比利时国王号"抵达金沙萨时，康拉德也感染了疟疾和痢疾。在刚果的最后几个月里，他的健康状况一直不佳。疾病缠身，又一次给他日趋消沉幻灭的心灵带来重创。12月4日，完成最后一次航行后，他主动辞职，并在圣诞节前几周从博马坐船返回欧洲。1891年2月1日，康拉德在伦敦安顿下来，据说他发热的情况很严重，看起来奄奄一息。康拉德花了近10年思考在刚果的所见所闻，才动笔写成小说《黑暗的心》。《黑暗的心》甫一出版，就成为有史以来控诉殖民主义最严厉的作品之一。

▼ 刚果（金），马塔迪

▼ 《刚果河畔的博马》木刻版　▶ 下一页：刚果（金），刚果河

画，《英国画报》木刻版画，

1883年7月21日

伊萨克·迪内森：

::::::::::: 旅居非洲，走出非洲

伊萨克·迪内森是丹麦女作家凯伦·布里克森（1885—1962）常用的男性笔名。布里克森如今享誉丹麦，肖像印在50克朗的纸币上。然而，她的首部文学作品出版时，在丹麦反响平平。受《一千零一夜》和罗伯特·路易斯·史蒂文森[1]的作品的影响，她用英文完成处女作《七个哥特故事》。这部奇异故事集被一个又一个出版商拒之门外，却在美国意外畅销。布里克森热爱非洲，这让她与丹麦的关系变得有些微妙。1931年，她被迫离开心中的伊甸园肯尼亚，回到哥本哈根北部的龙斯泰兹[2]。

1914年，布里克森28岁，正是倔强任性的年龄。她离开丹麦，嫁给英属东非[3]的瑞典贵族农场主布鲁尔·冯·布里克森-芬纳克男爵[4]，满怀希望地迎接新生活。然而她最终难逃婚变，穷困潦倒，还是回到了故乡[5]。她婚姻破裂，1921年以来苦心经营的农场破产，可谓颜面尽失。她的身体每况愈下，因为前夫通奸，感染了梅毒，自己也被传染了。此外，回国几个月前，她的情人、英国贵族猎人丹尼斯·芬奇·哈顿乘坐"吉普赛蛾号"飞机[6]外出打猎，不幸机坠人亡。在这种情况下，只有将这一切诉诸文字才能纾解她内心的苦痛。1937年，《走出非洲》付梓，成为她最负盛名的作品。美国传记作家朱迪丝·瑟曼曾敏锐地指出，创作《走出非洲》的过程"也是一场心灵升华之旅"，有助于治愈她在非洲受到的种种创伤。

布里克森的悲剧或许早已埋下伏笔。一开始，布鲁尔放弃在肯尼亚经营奶牛场的打算，

---

[1] 英国小说家（1850—1894），代表作有冒险小说《金银岛》。——译者注
[2] 哥本哈根的一个社区，布里克森的家乡。——译者注
[3] 英国原先在东非地区的殖民地，包括今乌干达、肯尼亚等地。这些地方于20世纪60年代先后独立。——译者注

[4] 布里克森的远房表兄。——译者注
[5] 布里克森在婚后多次往返非洲和丹麦。1931年，她彻底告别非洲。——译者注
[6] 由英国德·哈维兰飞机公司于20世纪20年代发明的飞机，拥有上下并列的两副机翼。——译者注

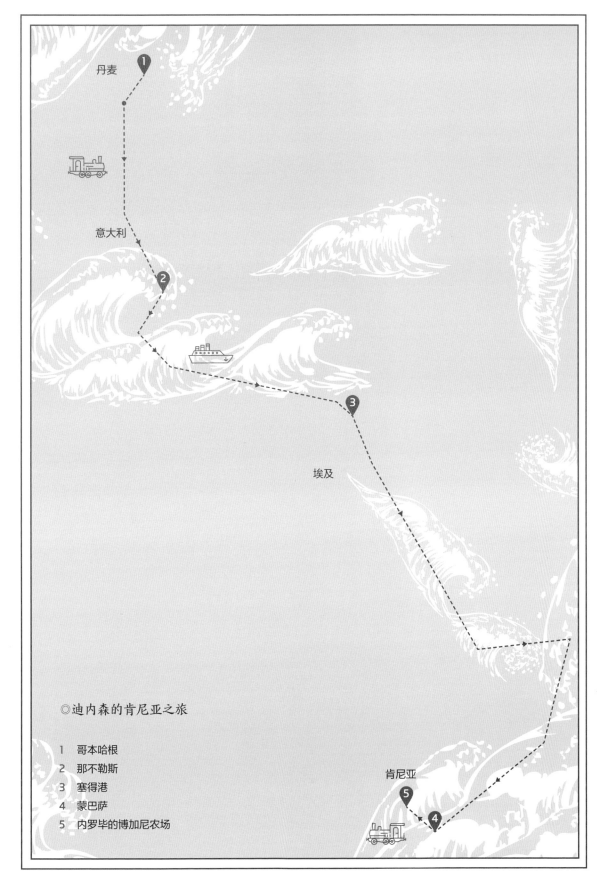

丹麦

意大利

埃及

肯尼亚

◎迪内森的肯尼亚之旅

1　哥本哈根
2　那不勒斯
3　塞得港
4　蒙巴萨
5　内罗毕的博加尼农场

转而成立瑞典－非洲咖啡公司，在内罗毕❶的恩贡山脚下经营1821公顷的咖啡园。他并不了解，当地土壤酸性太强，雨量季节变化过大，种植咖啡很难盈利，因此这项投资一开始就注定是失败的生意。投资协议签订后，布里克森跟随布鲁尔来到肯尼亚，两人在蒙巴萨❷成婚。

布里克森的家人放下诸多疑虑，不再纠结布鲁尔的经商本领，也不再质疑他能否做个好丈夫。1913年12月初，他们到哥本哈根为布里克森送行。布里克森先与父母南下到那不勒斯，停留两周后，12月16日登上"阿德米拉尔号"轮船。轮船吐着蒸汽，穿过地中海和苏伊士运河，进入红海和亚丁湾，驶入印度洋，之后沿着索马里海岸南行至蒙巴萨，一共历时19天。

1914年1月13日，"阿德米拉尔号"抵达蒙巴萨的基林迪尼港，布鲁尔上船迎接新娘。两人在蒙巴萨俱乐部过夜后，于翌日清晨举行婚礼。布鲁尔还邀请了瑞典的威廉王子出席。下午4点，婚礼嘉宾送新婚夫妇来到火车站，坐车前往内罗毕，专享一节私人餐车（由保护国❸总督提供）。火车行驶在乌干达的蒙巴萨—维多利亚湖铁路干线上，由于没有卧铺车厢，布里克森夫妇在一把长椅上将就度过了新婚之夜。

到达内罗毕后，还有19千米才到咖啡园。那里聚集着1200名农场工人，一道迎接新的女主人。工人非常热情，但也难免喧嚣，布鲁尔很恼火，布里克森却很高兴，立刻爱上了这片土地和这里的住民。她暮年回忆起非洲住民，写道："他们进入我的生活，像是对我天性中某种召唤的回应。"布里克森极力反对英国殖民者对当地劳工的剥削，因此遭到英国殖民者的敌视。第一次世界大战之初，有英国殖民者传言她是德国间谍。她说索马里人和肯尼亚人让她感觉更加亲切，他们比英国移民更"像兄弟"。

布里克森的肯尼亚故居是一座宽敞的平房，她称之为"博加尼"或"姆博加尼"（字面意思是"林中的房子"），如今已成为国家博物馆，纪念她在肯尼亚的生活、工作以及她与肯尼亚的羁绊。1985年，由梅丽尔·斯特里普主演的好莱坞电影《走出非洲》❹上映。次年，博物馆正式开放，为布里克森吸引了新一代读者。

---

❶ 肯尼亚首都。——译者注
❷ 肯尼亚第二大城市、重要港口。——译者注
❸ 即受宗主国支配和保护的国家或地区，属于殖民地形式的一种。1895 年，英国政府宣布肯尼亚为其"东非保护地"。——译者注

◀ 布里克森在肯尼亚外出游猎，约1918年摄

---

❹ 改编自布里克森的同名小说。影片荣获第 58 届奥斯卡七大奖项。——译者注

▲ 肯尼亚恩贡山脚下，布里克森故居，今布里克森博物馆

柯南·道尔：

:::::::::::::::: 选定福尔摩斯的葬身之所

阿瑟·柯南·道尔爵士（1859—1930）作品中最为知名、最受欢迎的人物莫过于夏洛克·福尔摩斯，他本人却视之若敝屣。此等奇事，当真闻所未闻。1887年，福尔摩斯侦探及其随行记事员约翰·H. 华生医生于《血字的研究》中首次亮相。中篇小说《血字的研究》刊登在《比顿圣诞年刊》❶，创作于英国汉普郡南海城的医疗机构，当时道尔在此地给诈病的海员和英国皇家海军退役军人做医疗检查。

一开始，福尔摩斯并没有引起轰动。1891年，福尔摩斯系列故事（后来以《福尔摩斯冒险史》集结出版）在《斯特兰德杂志》❷上连载，这个住在贝克街221B号公寓的虚构人物终于名声大噪。虽然福尔摩斯让道尔一辈子不必为钱发愁，但道尔对福尔摩斯并不满意，认为这个唯美主义侦探妨碍他创作更好的故事。道尔早已厌倦这只产金蛋的鹅；福尔摩斯的故事第一次在《斯特兰德杂志》连载后，道尔就给母亲写信，表示想放弃这个角色。母亲回答说："不要！不可以！绝对不能！"他只好妥协，将福尔摩斯之死又推迟了两年。

道尔后来在自传中解释："创作福尔摩斯作品的困难在于，每个故事都要像长篇小说那样逻辑清晰、情节新颖。"而他不可能满足读者和出版社的要求，"不费吹灰之力，一挥而就"。

创作两部福尔摩斯系列小说之后，道尔发觉自己似乎就要落入内心鄙夷的"低级文学"行列。为了表示决心，道尔决定结束福尔摩斯的生命。虽然让福尔摩斯结束生命的动机早已明确，但具体死法在道尔去瑞士旅行时才有了眉目。

1893年8月，道尔应邀到瑞士卢塞恩❸讲

---

❶ 出版于1860年至1898年的平装杂志，载有第一篇福尔摩斯小说《血字的研究》。——译者注
❷ 出版于1891年至1950年的月刊，以刊登短篇小说为主，其中包括备受欢迎的福尔摩斯故事全集。1998年，《斯特兰德杂志》以季刊的形式重新问世，主要刊登知名作家的小说以及新锐作家的犯罪悬疑小说。——译者注

❸ 瑞士中部卢塞恩州的首府。——译者注

◎道尔的瑞士之旅

瑞士

1　卢塞恩
2　迈林根
3　莱辛巴赫瀑布
4　采尔马特
5　芬德尔冰川

学，随后与妻子路易丝（昵称"图伊"）在瑞士度假。下榻"欧洲旅馆"时，道尔结识了英国卫理公会牧师、作家赛拉斯·霍金。霍金不敢相信福尔摩斯的作者竟是一位健壮矍铄的家伙。道尔高大强壮，鼻尖上翘，眼睛不大，两撇打了蜡的大胡子；他以前当过医生，身形、气质和职业都与华生相似，不像身材瘦弱、长着鹰钩鼻的福尔摩斯。道尔的外貌一直为人津津乐道。更让道尔恼火的是，人们经常称呼他夏洛克·福尔摩斯先生。难怪道尔会进一步评论说，他已经"听腻了"，对福尔摩斯这个名字开始"反胃"，就像以前吃太多"鹅肝酱"一样。

道尔和图伊从卢塞恩出发，前往因特拉肯以东25千米处的迈林根❶。道尔以这段旅行为蓝本，让福尔摩斯和华生演绎了凶兆弥漫的《最后一案》。仁医华生在《最后一案》中说：

"我俩在罗讷河❷河谷四处漫游，度过了十分惬意的一周，之后就从洛伊克❸转入岔路，翻越依然覆盖着厚厚积雪的杰米隘口❹，取道因特拉肯进入迈林根。一路之上风光旖旎，山下是青葱秀美的春色，山上是纯白无瑕的冬景。

---

❶ 因特拉肯和迈林根都是瑞士中部伯尔尼州的城镇。——译者注

❷ 欧洲主要河流之一，发源于瑞士南部瓦莱州罗讷冰川，西南向经法国流入地中海。——译者注

❸ 瑞士西南部瓦莱州的城镇，位于罗讷河河谷。——译者注

❹ 洛伊克以北的高山隘口。——译者注

◀ 上一页：瑞士，卢塞恩湖　　◀ 福尔摩斯和莫里亚蒂教授即将跌落莱辛巴赫瀑布之际，西德尼·佩吉特插画

不过，一望而知，福尔摩斯一刻也不曾忘却笼罩在他身上的那片阴影。不管是在风俗淳厚的阿尔卑斯山村，还是在荒僻无人的山间隘口，我都可以看到他四处扫视的迅疾眼神，看到他仔细打量从我们身边经过的每一张面孔，由此知道他确信无疑，不管我俩走到哪里，都不能逃脱那种如影随形的危险。"❺

道尔夫妇前往迈林根附近的莱辛巴赫瀑布。此处瀑流怒吼，激流滚滚，令人望而生畏，在英国各大旅游指南中，入选瑞士阿尔卑斯山北部美景之一。

游览完迈林根和莱辛巴赫瀑布，道尔夫妇来到采尔马特❻。道尔预订了"里弗尔阿尔卑酒店"，欣然发现霍金也住在那里。在一名当地导游的帮助下，道尔同霍金以及一位名叫本森的牧师去采尔马特东部的芬德尔冰川探险。几年后霍金在回忆录中写道，当他们"绕开沟壑"漫步冰川时，道尔提到处置福尔摩斯的问题。据说道尔告诉他们："我打算终结福尔摩斯，不然我就会被他终结。"本森是道尔的书

---

❺ 参见《福尔摩斯回忆录》，柯南·道尔著，李家真译注，外语教学与研究出版社2012年出版，第279—280页。——译者注

❻ 瑞士瓦莱州的城镇。——译者注

迷，听完十分震惊，并尽力劝说道尔不要这么做，不过霍金倒是好奇他打算让福尔摩斯如何死去。道尔坦承还拿不定主意，霍金便建议不妨让福尔摩斯摔下他们刚才战战兢兢绕过的冰冷深壑。道尔轻声一笑，似乎同意了他的提议。

然而，1893年夏末，道尔在英国家中写到福尔摩斯的绝唱时，印象最深的还是莱辛巴赫瀑布。道尔在自传中说，莱辛巴赫瀑布"是一个可怕的地方，我想，就让可怜的夏洛克葬身此处非常合适，即使用我的银行账户陪葬也在所不惜"。福尔摩斯与头号死敌、犯罪专家莫里亚蒂教授在著名的最后一次对决中从悬崖边上摔下，跌落时还紧紧扭打在一起，他们的尸体可能被下面的岩石砸碎，又或许被冰寒的激流冲走。西德尼·佩吉特❶创作了一幅插画，展现了两人临死前最后几秒在瀑布顶端搏斗的场景，这幅画给维多利亚时代晚期的社会留下了浓墨重彩的一笔。

尽管在1893年12月，即小说出版前一个月，就传出福尔摩斯的死讯，《最后一案》的问世还是让公众目瞪口呆，难以置信。据说，人们戴上黑色袖章哀悼，还有人给道尔写信，呼吁复活福尔摩斯。大约2万人取消订阅《斯特兰德杂志》以示抗议。当时所有行动都没有见效，道尔对读者的呼声置之不理。摆脱福尔摩斯的困扰后，道尔立即创作全新的历史小说系列。故事背景设在拿破仑一世时期，主角是一位名叫艾蒂安·热拉尔准将的法国轻骑兵。

对福尔摩斯念念不忘的读者只好默默等待。1901年，道尔终于软下心来，在《巴斯克维尔的猎犬》中复活了福尔摩斯。《巴斯克维尔的猎犬》获得巨大成功后的近30年里，道尔一直被福尔摩斯这个角色束缚，这对道尔来说是不幸的，却是侦探小说爱好者的幸事。

---

❶ 英国维多利亚时期的画家（1860—1908），代表作是他在《斯特兰德杂志》为福尔摩斯系列故事作的插画。——译者注

◀ 上一页：瑞士阿尔卑斯山，马特峰

弗朗西斯·斯科特·基·菲茨杰拉德：

::::::::::: 纵享里维埃拉❶日光浴

弗朗西斯·斯科特·基·菲茨杰拉德（1896—1940）文学才华横溢，他用机智奇拔、世事洞明的文字记录了美国的"爵士时代"❷。20世纪20年代，他声名鹊起，青春洋溢、黝黑俊朗的外形为人称颂。然而年岁渐长，生活的经历使他日渐忧郁、愤慨、消沉。1940年，菲茨杰拉德于好莱坞离世，这位短命的天才因酗酒而臭名昭著，消失在广大读者的记忆之中；呕心十载写就的《夜色温柔》声名狼藉，销量惨淡，最终停止发行，《了不起的盖茨比》也滞销难售，无人问津。

菲茨杰拉德在文坛初露锋芒时，日光浴还是大胆的新时尚，只有见多识广、受过良好教育的清闲人士才有福消受。一战结束后，日光浴逐渐兴起，领衔潮流的是菲茨杰拉德与妻子泽尔达、杰拉尔德·墨菲与萨拉·墨菲❸等一批美国文艺人士。他们钟爱日光浴，不约而同将法国里维埃拉视作夏日度假胜地。可可·香奈儿在《时尚》❹杂志推介日光浴，加速了这项活动的风靡。

菲茨杰拉德将《夜色温柔》献给墨菲夫妇（题词："献给杰拉尔德和萨拉——敬祝欢乐常在"）。他们是独具魅力的主人公迪克·戴弗和妮科尔·戴弗的原型。迪克是精神病医生，因酗酒名声渐损，最终像作者一样声名狼藉；而貌美的妮科尔患有精神病，主要原型并非源自萨拉，而是菲茨杰拉德患有精神分裂的太太。

萨拉是富庶的辛辛那提❺油墨制造商的长女，幼时曾在欧洲生活，与德国、英国贵族皆有来往。杰拉尔德毕业于耶鲁大学，是家中次子，父亲是纽约一位学识渊博、经营奢侈品商店的富商。墨菲夫妇不堪忍受家人对婚事的谴责（萨拉的父亲尤为不满女儿的选择），厌恶享乐主义盛行的美国精英社会营造的压抑环境，1921年决定移居巴黎。他们漂洋过海、移居他乡的另一个原因是，美元兑法郎的汇率更

---

❶ 又名"蓝色海岸"或"蔚蓝海岸"，位于法国东南部地中海沿岸，与意大利接壤，是著名的海滨度假胜地。——译者注
❷ 即一战以后、经济大萧条（1929年）之前的这段时间，传统的清教徒道德土崩瓦解，享乐主义大行其道。——译者注
❸ 杰拉尔德·墨菲与萨拉·墨菲是旅居法国南部的美国富豪夫妇，与菲茨杰拉德、海明威等作家和艺术家皆有往来。——译者注
❹ 创刊于1892年的时尚生活类美国杂志。——译者注
❺ 美国中部俄亥俄州西南端的城市。——译者注

高，靠着萨拉的少量信托基金也能过上富足的
生活，杰拉尔德不必为前途发愁，也不用面对
放弃哈佛大学景观设计学习的尴尬处境❶。菲茨
杰拉德夫妇的生活更为窘迫，出于同样的经济
考虑，也选择移居法国。菲茨杰拉德在《如何
身无分文地生活一年》中曾提及此事。这篇文
章讲述了在欧洲清贫度日的好处，语言诙谐幽
默，1924年发表于《星期六晚邮报》❷。

　　1922年是文坛非同凡响的一年，詹姆
斯·乔伊斯的《尤利西斯》和托·斯·艾略特
的《荒原》相继出版，《了不起的盖茨比》也
以该年夏初作为时间背景。是年初夏，墨菲夫
妇前往乌尔加特。乌尔加特是诺曼底的海滨
度假之城，深受巴黎时尚人士的青睐。在那
里，二人受邀到作曲家科尔·波特（杰拉尔德
耶鲁大学的朋友）及其夫人琳达在法国南部昂
蒂布❸租借的别墅中做客。后来，杰拉尔德夸
赞波特"在选址方面，独具慧眼，卓有远见"。
1962年，杰拉尔德接受《纽约客》杂志采访时

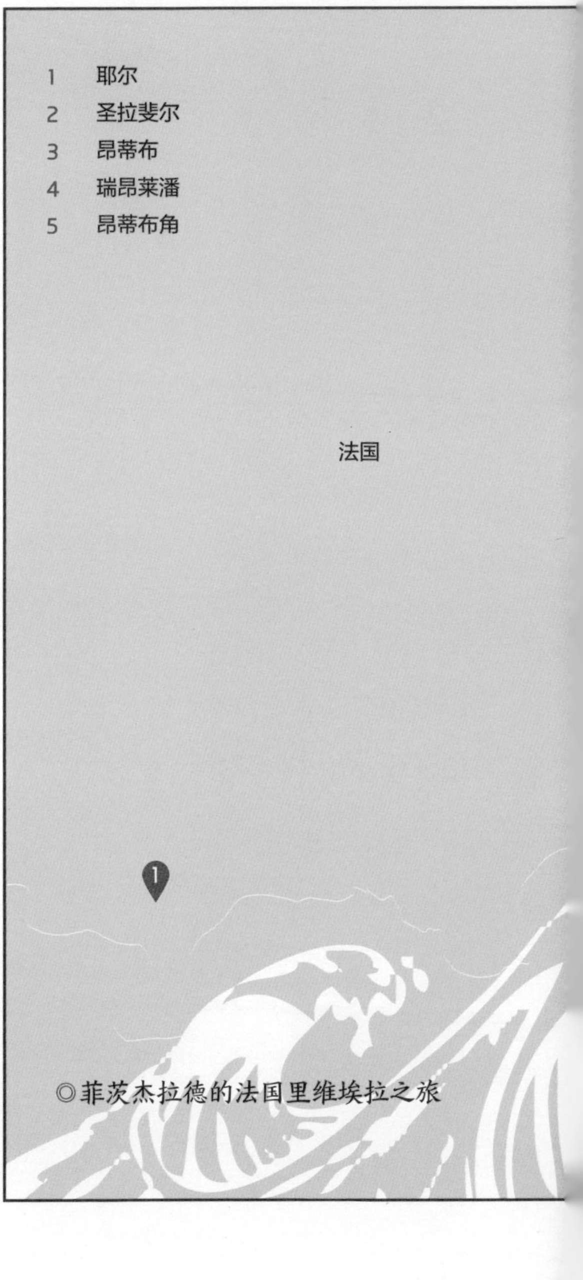

法国

◎菲茨杰拉德的法国里维埃拉之旅

---

❶　杰拉尔德1912年从耶鲁大学毕业，1918年至1920
年到哈佛大学深造肄业。——译者注
❷　创立于1897年的美国杂志，主要刊登小说、杂文、
漫画等。——译者注
❸　法国里维埃拉的海滨城市。——译者注

▶　下一页：法国，昂蒂布

地中海

多次提到，那时"夏天从来没有人去里维埃拉"。虽然波特再也没有回到昂蒂布，但墨菲夫妇对这里一见倾心。

1923年，他们打算夏天前往昂蒂布，于是说服当地"杜卡普酒店"的经理在夏季营业（往年5月1日起闭馆），只消安排少数几位员工即可。酒店从此开了先例。时尚前卫的墨菲夫妇邀请志同道合、随性自由的朋友来酒店，但是担心他们的到来会破坏住处的安逸，于是在昂蒂布买下一幢房子，地点位于儒昂湾❶山坡穆然路112号。在那里款待宾客，虽说不够正式，但也不失格调。墨菲夫妇给房子取名"美国别墅"，并请人用现代艺术花纹重新装修，还专门设计了摩洛哥风格❷的平屋顶，便于享受日光浴。

1924年夏天，墨菲夫妇重返昂蒂布，见房子还在装修，便再次下榻"杜卡普酒店"。8月，菲茨杰拉德前来探访，双方已于春天在巴黎见过一面。《夜色温柔》开篇描写的正是"杜卡普酒店"，为了略加修饰，名字换成了"高斯外邦客酒店"，酒店的白色外墙也特地写成粉色，不过依然瞒不过读者的眼睛（毕竟大家一看便知）：

"在法国里维埃拉风光旖旎的海岸上……

大约在马赛到意大利边境的中途，伫立着一座富丽堂皇的瑰红色酒店。酒店门前，棕榈树尽职尽责，为绯红的墙面遮荫送凉。一小片海滩向门前延伸，熠熠闪光……宛如一块明亮的棕黄色穆斯林跪毯，与酒店浑然一体。"

菲茨杰拉德夫妇与《夜色温柔》开头的罗斯玛丽·霍伊特及其母亲一样，从巴黎坐火车到法国里维埃拉旅行。起初，他们下榻冷清的海滨小镇耶尔，泽尔达觉得枯燥乏味。不久他们搬到圣拉斐尔镇，菲茨杰拉德描绘称"红色濒海小镇，到处是艳丽的红顶房子，散发着克制的狂欢气息"。他们租下玛丽别墅的一套房子，菲茨杰拉德开始埋头创作《了不起的盖茨比》。也许是昂蒂布角❸海岸绿光闪烁的灯塔激发了菲茨杰拉德的灵感，他在小说中用码头的灯光象征杰伊·盖茨比对心上人黛西的痴情。

菲茨杰拉德创作期间，妻子泽尔达整日无所事事，爱上了风度翩翩、英俊黝黑的法国飞行员爱德华·若藏。菲茨杰拉德发现妻子不忠，妒忌心起，勃然大怒，将泽尔达锁于房内，要她发誓不再与若藏见面才罢休。这段短暂的婚外情无果而终。原本混乱不堪的婚姻雪上加霜，泽尔达的精神状况急转直下。她在半自传体小说《给我留下华尔兹》中，让女主人公亚拉巴马·贝格斯在法国里维埃拉与飞行员雅克·谢弗尔－弗耶发生婚外恋，以此纪念若藏。

---

❶ 法国里维埃拉的海滨游憩胜地，位于昂蒂布角和戛纳之间。——译者注

❷ 北非摩洛哥市的一种建筑风格，主要以色彩绚丽、装饰华丽为特点。——译者注

❸ 昂蒂布西南部地中海上的海角。——译者注

从1925年到1929年，每逢夏季，菲茨杰拉德夫妇大部分时间都在里维埃拉度假，其中两年下榻瑞昂莱潘❶海堤上的圣路易斯别墅。《了不起的盖茨比》就在里维埃拉完稿，菲茨杰拉德似乎在这里度过了最惬意的时光。他在一封书信中坦言："回到挚爱的里维埃拉，入住舒适的别墅（坐落于尼斯与戛纳之间），这是近年来我最幸福的时刻。人生似乎一切安好，真是难能可贵而又稍纵即逝的时光。"

可惜好景不长。1929年，厄运接踵而至：华尔街股市崩盘；墨菲夫妇的爱子帕特里克英年早逝；菲茨杰拉德酗酒成性；泽尔达精神逐渐崩溃。在法国南部纵情欢娱的夏日一去不返。菲茨杰拉德打算将发生的一切诉诸文字，

可嗜酒的习惯严重阻碍写作进度。1934年，《夜色温柔》梓行，伯乐寥寥，时逢经济大萧条最严重的时期，还遭到评论家轮番诉病，被贴上"颓废落后"的标签。这本书也令墨菲夫妇大惊失色，尤其是萨拉，读罢悲愤不已。尽管《夜色温柔》不免有缺憾，但瑕不掩瑜，依旧可谓弥足珍贵，因为它勾勒了时代的面貌和地方风情，从中可以看出里维埃拉对菲茨杰拉德的重要性，小说也见证了里维埃拉给他的人生和创作带来的得失。

❶　里维埃拉昂蒂布角上的城镇。——译者注

◀ 《夜色温柔》1934年首版封面　▲ 菲茨杰拉德、泽尔达和女儿斯科蒂游历法国昂蒂布，1926年摄

▶ 下一页：法国里维埃拉

居斯塔夫·福楼拜：

############ 流连东方古迹

1833年9月14日，一艘载着一尊巨型石雕的轮船驶入法国鲁昂的阿库尔码头。鲁昂是塞纳河畔的港口城市，位于巴黎西北约128千米。约莫1831年，拉美西斯二世❶的方尖碑乘着"卢克索号"从埃及启航。这尊25米高的粉色花岗岩在尼罗河畔拉美西斯二世的卢克索神庙❷前守望了3000多年，如今难逃迁居巴黎协和广场❸的命运。古石登陆诺曼底时，码头聚集了大量人群，纷纷投以惊奇的目光，11岁的居斯塔夫·福楼拜（1821—1880）就在其中。福楼拜是家中幼子，其父亲是杰出的外科医生。幼时，福楼拜在自己的小房里阅读《一千零一夜》，对东方的一切感到痴迷。少年时期，他广泛涉猎拜伦勋爵和维克多·雨果的作品，令他的痴迷程度日渐浓厚。

从学会握笔起，福楼拜就喜欢写作，9岁就能为家里排剧撰写剧本。他天马行空，思若泉涌，15岁时恋上年长11岁的已婚女子埃莉

萨·施莱辛格。福楼拜研究的杰出学者弗朗西斯·斯蒂格马勒❹曾经写道，福楼拜毕生唯一的挚爱、自由奔放的诗人路易丝·科莱❺，一位比他年长11岁的有夫之妇。

福楼拜终身未娶，年轻时经常狎妓。他在致科莱的信中坦言："这个癖好或许有点病态，但我喜欢这种感觉，不仅仅是肉体之欢，狎妓本身就妙不可言。看到穿低胸装的女人在雨中的路灯下行走，我的心就禁不住怦怦直跳。"1849年，这位《情感教育》的作者游历时称"东方"❻的国度，每到一处，必不放过任何一次眠花宿柳的机会。

福楼拜的哥哥阿希尔自愿从医，这一选择完全在意料之中，因为他们的父亲和外公都是医生。但准作家福楼拜没有学医的天分，也无意追随哥哥、父亲和外公的脚步，而是继续钟情于文学。18岁时，福楼拜进入巴黎大学学习，他顺从父亲的意思，在医学和法学之间选

---

❶ 古埃及第19王朝第3位法老（公元前1279—公元前1213年在位）。——译者注

❷ 位于埃及古城卢克索，约建于公元前14世纪，后经拉美西斯二世扩建。——译者注

❸ 巴黎最大的广场，坐落于巴黎市中心，18世纪建成。——译者注

❹ 美国传记作家、翻译家、小说家（1906—1994）。——译者注

❺ 法国作家（1810—1876），与福楼拜有一段长达八年的恋情。——译者注

❻ 即中东地区。——译者注

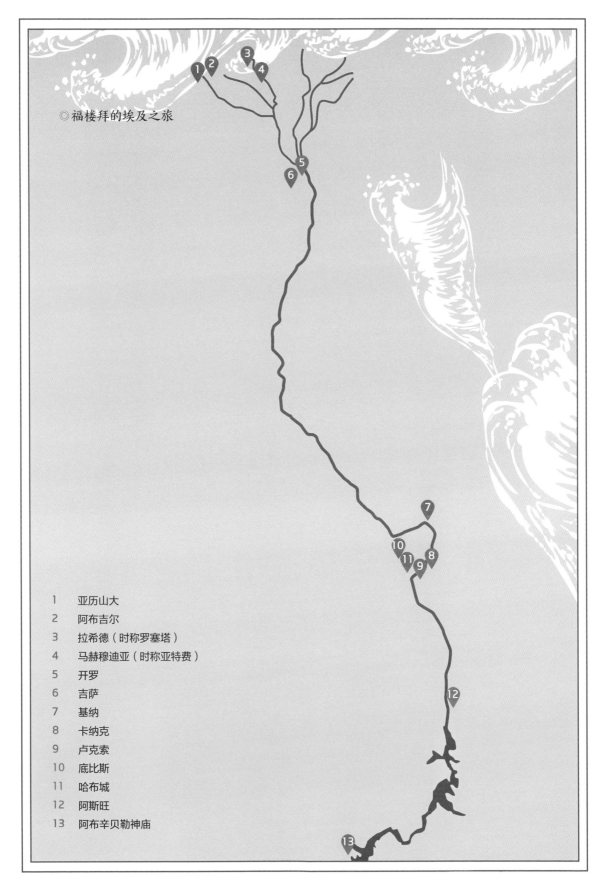

◎福楼拜的埃及之旅

1　亚历山大
2　阿布吉尔
3　拉希德（时称罗塞塔）
4　马赫穆迪亚（时称亚特费）
5　开罗
6　吉萨
7　基纳
8　卡纳克
9　卢克索
10　底比斯
11　哈布城
12　阿斯旺
13　阿布辛贝勒神庙

择修读法律。这一决定影响重大，让他与同学马克西姆·迪康❶成为莫逆之交。

到了1844年圣诞和随后的新年假期，福楼拜确诊患有癫痫（确切的病因和诊断结果一直存有争议），精神彻底崩溃，法律学习被迫终止。由于罹患重病，他不得不放弃学业，随后到意大利旅行了一阵，希望借助温和的气候疗养身体。回到鲁昂，他窝在书房里，苦心经营史诗级小说《圣安东尼的诱惑》，历时16个月。

在此期间，孤儿出身的富人迪康到北非和土耳其探险，并出版了一部广受赞誉的旅行札记。对于下一次探险，福楼拜的这位朋友有更加大胆的打算：他渴望与昔日大学同窗福楼拜结伴而行。于是，两人动身游历埃及，并顺道游历叙利亚、巴勒斯坦、塞浦路斯以及希腊克里特岛和罗得岛，随后返回法国。福楼拜的母亲一开始并不赞成去这么远的地方旅行，认为儿子只要在马德拉群岛❷待上一段时间病情就会好转，但她最后还是同意了。

出发前有一个不愉快的插曲。福楼拜邀请迪康和另一位密友路易·布耶❸来听他朗读刚写完的《圣安东尼的诱惑》，读了整整四天。听罢，两人奉劝他赶紧烧掉这本451页雕章镂句的手稿，写点别的内容。他们建议写一些以当今时代为背景的作品，效仿奥诺雷·德·巴尔扎克的现实主义手法。福楼拜非常反感这个提议，怒不可遏，但后来写《包法利夫人》时还是采纳了建议。

迪康比福楼拜务实，不仅制定了旅行计划，还争取将私人旅行变成受政府委托的公差。虽然听上去有点不可思议，但福楼拜的确受命为法国农业和贸易部收集埃及海域、河流、商旅贸易以及农业的相关信息。迪康负责为法国国民教育部拍摄埃及古迹的照片，需要携带一堆笨重的原始摄影装备。法国政府很看重这次任务，在部分行程安排了武装保镖，以防当地人干扰使用（或盗窃）设备。旅行途中，迪康为福楼拜拍了一张照片，照片中的福楼拜身处"开罗酒店"的花园，头戴当地红色塔布什帽（类似菲斯帽）❹，一身飘逸的白色棉袍；这也是他年轻时唯一一张照片。"开罗酒店"有一位演员出身的合伙人，名叫布法赖先生。传言在福楼拜的遗作《布瓦尔和佩库歇》中，爱玛·包法利和弗朗索瓦·布瓦尔两个人物的姓氏就是从"布法赖"变体而来。

福楼拜和迪康辗转乘坐马车、汽船和火车，向南旅经第戎❺、沙隆❻和里昂，1849年万圣节（11月1日）到达马赛，转乘拥有一个蒸汽动力桨和一个烟囱的"尼罗河号"三桅邮轮到达马耳他❼。后续驶往北非的航程不尽如人意，邮轮被迫折返，连续航行五天后，11月15

---

❶ 法国作家和摄影师（1822—1894）。——译者注
❷ 非洲西海岸葡萄牙属群岛。——译者注
❸ 法国诗人、剧作家（1821—1869）。——译者注
❹ 顶部中央有流苏的无檐碗形帽。——译者注
❺ 法国东部城市。——译者注
❻ 全称"索恩河畔沙隆"，法国东部城市。——译者注
❼ 地中海中部岛国。——译者注

日才靠岸埃及亚历山大❶。迪康及其科西嘉男仆萨塞蒂晕船严重，而疾病缠身的福楼拜适应了波涛起伏的海上生活，并喜欢叼着雪茄在颠簸的甲板上昂首阔步，想象自己是拜伦笔下《恰尔德·哈洛尔德游记》中的航海家。

福楼拜诟病亚历山大"是一座欧洲之城"，他在家书和日记中评论说，亚历山大到处都是衣着新潮的西方游客，令人厌倦。即便如此，当他第一眼望见穆罕默德·阿里帕夏的行宫❷穹顶时，还是忍不住陶醉其间；随着邮轮驶入亚历山大港，映入眼帘的是一个牵着两头骆驼的车夫，实在是不可思议；上岸后，他听到众声嘈杂，"饱览各种色彩"，一时不知所措。

福楼拜和迪康下榻亚历山大的"东方酒店"，带着政府介绍信，觐见法国出生的埃及将军苏莱曼·帕夏和外交部长哈里姆·贝。随后他们游览景点，观看一场庆祝富商儿子割礼的游行，当然还不忘光顾妓院。福楼拜说，迪康迫不及待，想看看妓院接客的是妓女还是娈童。妓院位于"东方酒店"后方的街道，娼妓

---

❶ 埃及最重要的海港。公元前 331 年左右，由马其顿国王亚历山大大帝（前 336—前 323 年在位）建立。——译者注

❷ 即拉斯埃丁宫，别称冬宫。1834 年至 1847 年，由埃及总督穆罕默德·阿里（1805—1848 在位）下令营建。——译者注

◀ 上一页：开罗

▼ 埃及吉萨，斯芬克斯狮身人面像和金字塔，马克西姆·迪康约1850年摄

都是女性。福楼拜行事前，还得先把一窝小猫从沙发上挪开。接下来几个月，他们出没龌龊不堪、爬满臭虫的处所，放纵淫欲，似乎永不餍足，远在异国他乡，丝毫不用担心受到谴责。

前往开罗之前，两人沿着地中海海岸航行64千米，游览以出土象形文字石碑闻名的拉希德（时称罗塞塔）❶，随后前往阿布吉尔❷堡垒吃午饭，饭后泛舟于尼罗河上，参观完众人敬奉的一棵小神树后返回亚历山大。11月25日，他们登上一艘拥挤的汽船，前往马赫穆迪亚（时称亚特费）❸换乘更大的渡船，航行一夜后抵达开罗。

迪康兢兢业业，几乎每到一处遗迹都会拍照。倘徉花街柳巷之余，拍摄占据了大量时间，福楼拜开始为之不满。吉萨金字塔和狮身人面像带来的惊喜逐渐消退，用斯蒂格马勒的妙语来说，福楼拜已经到了"厌古症"的地步。不过到了底比斯❹，福楼拜低落的情绪烟消云散，重拾对古埃及遗迹的热情。1850年5月，他们不得不惜别卢克索❺、卡纳克❻和哈布城❼的陵墓、神庙和厅堂殿室遗迹，即将前往基纳❽和红海。福楼拜致函母亲道，底比斯是"一个值得游览的地方……总是惊喜不断"。在卢克索，他还看到拉美西斯二世的方尖碑，与多年前送到鲁昂的那尊是一对。想到远在巴黎的另一个方尖碑，福楼拜不免惆怅，陷入沉思：追忆往昔，方尖碑的脚边曾是马车辘辘，如今它在协和广场忍受的士轰鸣，怎不怀念故乡的尼罗河。

两个月后，福楼拜和迪康结束埃及之旅。他们从亚历山大港驶往贝鲁特❾，此后花了将近一年的时间回国，途中经过叙利亚、土耳其、希腊和意大利。迪康鼓励福楼拜也像他一样出版游记。福楼拜虽然没有照做，但斯蒂格马勒写道："迦太基故事《萨朗波》、巴勒斯坦故事《希罗迪娅》和《圣安东尼的诱惑》终稿中的一些段落……与他在埃及的笔记有千丝万缕的联系。"埃及之旅让他摒弃了少年时期天真烂漫的华丽文风，旅行笔记淬炼了他的观察能力。在亲眼见到"真正的东方"之后，福楼拜回到鲁昂郊外的故乡克鲁瓦塞村，与浮华夸张的古代异国故事分道扬镳，开始创作全新的小说《包法利夫人》。这本书将他卷入一桩诉讼❿，从此奠定了他在文学史上的重要地位。

❶ 埃及尼罗河三角洲、地中海沿岸的海港城市。——译者注
❷ 埃及地中海沿岸的海港城市。——译者注
❸ 埃及重要港口城市，连接马赫穆迪亚运河与尼罗河。——译者注
❹ 埃及卢克索城的古都遗址。——译者注
❺ 底比斯南半部遗址，与卢克索城同名。——译者注
❻ 底比斯北半部遗址。——译者注
❼ 拉美西斯三世的陵庙，与卢克索城相对。——译者注
❽ 埃及基纳省首府，位于尼罗河右岸。——译者注

❾ 黎巴嫩首都。——译者注
❿ 1857年1月，就在《包法利夫人》发表不久后，法国当局认为女主人公通奸的情节伤风败俗，将福楼拜和出版商告上法庭。福楼拜和辩护律师据理力争，强调小说在揭露法国黑暗的社会现实方面具有积极意义。最终福楼拜胜诉。——译者注

约翰·沃尔夫冈·冯·歌德：

徜徉意大利

1786年8月28日，约翰·沃尔夫冈·冯·歌德（1749—1832）在波希米亚的卡罗维发利（时称卡尔斯巴德）❶庆祝37岁生日。身为诗人、剧作家和科学家，歌德24岁就出版了小说《少年维特的烦恼》，从此蜚声文坛。1776年至1786年，他一直担任魏玛❷公爵和公爵夫人的枢密参赞。年轻的公爵夫妇十分信任和尊敬歌德，邀请他执掌财政和采矿工作，还一度派他主持作战事务。面对繁重的公务和枯燥的宫廷生活，歌德的精神濒临崩溃。生日过后几天，多数朝臣都回到了魏玛，歌德向公爵请求休假，接着匆匆离开。9月3日凌晨3时，他跳上一辆公共马车扬长而去，没有带仆人（实在不合他的身份地位），也没有带行李。

日后，他给公爵写了一封信，称要把自己的作品汇成8卷出版，有的作品还没有完稿，有的则需要大量修改，工作繁重，他一直念兹在兹：

"一开始想得很轻松，现在才意识到，如果不想敷衍交差，应该怎么做。所有这一切，加之种种现实，无不向我步步紧逼，迫使我渴望纵横远方。我打算隐姓埋名，只身旅行，希望从这场特别的远行中有所领悟。"

歌德化名约翰-菲利普·莫勒秘密出行。然而，旅行第一天，在德国雷根斯堡❸的一家书店，他就被崇拜自己的店员认出来。据日记里记载，面对店员，歌德不慌不忙，坦然直视，从容否认，然后快步离开书店。

1775年，歌德到魏玛供职前不久，年轻时游历过意大利的父亲鼓励他也去瞧瞧。歌德

---

❶ 今捷克西部城市，著名的温泉之城。——译者注
❷ 今德国中部图林根州的城市，1918年以前是一个公国。——译者注

❸ 德国南部巴伐利亚州的城市。——译者注

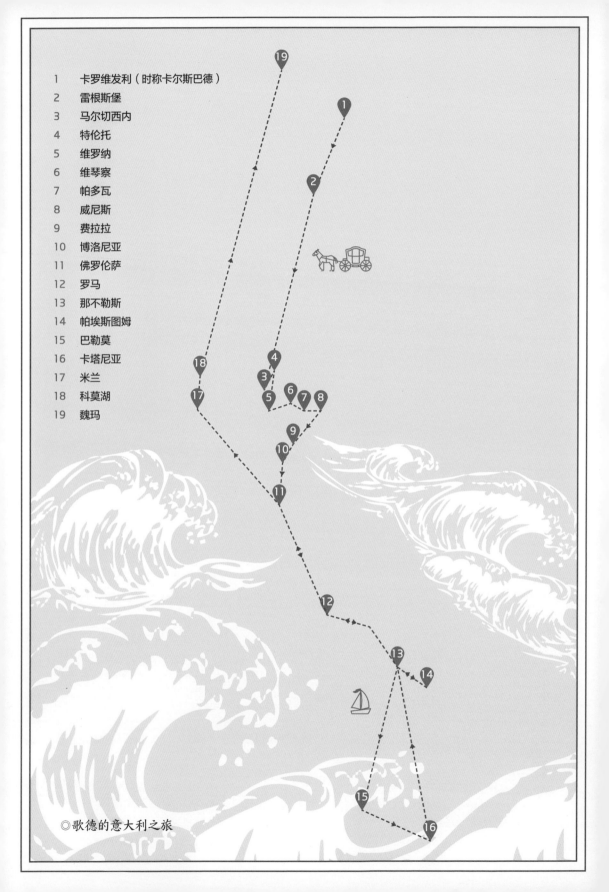

1 卡罗维发利（时称卡尔斯巴德）
2 雷根斯堡
3 马尔切西内
4 特伦托
5 维罗纳
6 维琴察
7 帕多瓦
8 威尼斯
9 费拉拉
10 博洛尼亚
11 佛罗伦萨
12 罗马
13 那不勒斯
14 帕埃斯图姆
15 巴勒莫
16 卡塔尼亚
17 米兰
18 科莫湖
19 魏玛

◎歌德的意大利之旅

最终来到了意大利南部和罗马。他梦想成为一位低调的艺术家（至少能持续一段时间），而非什么知名作家，或受人尊敬却身不由己的政治家。然而，他对艺术的追求酿成一桩著名丑闻：在奥地利和威尼斯交界处的马尔切西内 [1]，歌德为一座堡垒遗迹作画，险些被当成间谍逮捕。随后，歌德游历特伦托、维罗纳、维琴察和帕多瓦，颇为好奇的威尼斯当局一路秘密监视他的行踪。

歌德尽量避人眼目，甚至扮作意大利人，比如穿上维琴察人逛集市穿的"亚麻长袜"，或者刻意模仿维罗纳人的行为举止，以便融入其中。他以这种不同寻常的方式漫游，再用当地服饰乔装打扮，成功隐藏了身份，顺利到达威尼斯。他乐不可支，不必担心被人认出来，感到多年未有的自在。他喜欢假扮成商人，尤其享受像普通人一样在威尼斯的人群中穿梭。为了全情投入这趟旅程，他不带地图，在威尼斯四处游荡，探险最偏僻的角落。他沉浸在狂欢的气氛中，奇异的光景连同恶臭的运河让他头昏脑涨。

歌德从威尼斯出发，旅经费拉拉、博洛尼亚和佛罗伦萨，在佛罗伦萨停留三小时后便直奔罗马。10月29日到达罗马后，他找到侨居于此的德国画家约翰·海因里希·威廉·蒂施拜因，歌德欣赏他的画作，并偶尔与他通信。

他在蒂施拜因的寓所里安顿下来，一住就是四个月。依英国传记作者约翰·R.威廉斯之见："回过头看，那是他一生中最快乐、最充实的时光之一。"歌德对罗马心醉神迷，虽然抱怨过狂欢节太过喧闹，缺乏"由衷的欢乐"，但他依旧忙于观光、写生和阅读，偶尔也写写作。罗马似乎让他重拾生活的乐趣，激发了创作的热情。听闻维苏威休眠火山开始活跃，歌德于1787年2月22日前往那不勒斯。在那里，他三度攀登喷发的维苏威火山，其中一次由蒂施拜因陪同，两人还结伴游览了庞贝古城遗址。火山在他们眼前如期喷发，令人难忘；庞贝古城比想象中的小巧，别具一格，歌德将其比作身披皑皑冰雪的山村。

到了那不勒斯，歌德告别隐姓埋名的生活。他拜访名流，其中包括英国公使威廉·汉密尔顿爵士及其未来的夫人埃玛·莱昂（后以纳尔逊将军的情妇闻名）。蒂施拜因还画下了埃玛身着古典服装的样子。

歌德与蒂施拜因在那不勒斯挥别。1787年3月29日，他与另一位年轻的德国画家克里斯托夫·海因里希·克奈普前往西西里岛。当月早些时候，经蒂施拜因引荐，克奈普陪同歌德参观了萨莱诺 [2] 附近的希腊古城遗址帕埃斯图姆。前往巴勒莫 [3] 的路途艰难，海风不作美，

[1] 意大利北部维罗纳省的城市。——译者注

[2] 意大利西南部沿海城市。——译者注
[3] 西西里岛西北部的海港城市。——译者注

导致小船行驶缓慢，有时还因无风停航。歌德晕船躲在船舱里，不过还尚有余力和灵感修改《托尔夸托·塔索》剧本的前两幕。

西西里岛是考古胜地，许多景点地质独特，还有美食研究的价值。歌德很喜欢吃这里的莴苣，据他说有牛奶的味道。歌德和克奈普原想攀登埃特纳火山，但因火山不稳定而被制止，转而考察1669年险些吞噬卡塔尼亚 ❶ 的熔岩流，并到罗索山活火山口转悠。歌德还设法与亚历山德罗·卡廖斯特罗深居简出的亲属见

面。卡廖斯特罗是当时臭名昭著的诈骗犯，受其失德行径和蒙骗能力的启发，歌德塑造了《浮士德》里的恶魔梅菲斯特。

依歌德看，5月中旬返回那不勒斯，船速应该比较快，能少受点晕船的折磨。但是这一希望落空了，他们的船险些撞上卡普里岛附近的岩礁，而且歌德吃再多面包，饮再多红酒，也无法适应海上的颠簸。回到那不勒斯，歌德

---

❶ 西西里岛东岸的城市，位于埃特纳火山山脚。——译者注

◀ 游历乡间的歌德肖像，约翰·海因里希·威廉·蒂施拜因绘意大利

▲ 维罗纳，石拱桥

待了几周便返回罗马。在这里，他获得魏玛公爵的批准，继续休假，接下来十个月基本客居罗马。1788年4月23日，他终于启程回国，途中做客佛罗伦萨，取道米兰和科莫湖 ❶，6月18日才回到魏玛。

歌德前往意大利本欲忘我，却成为在旅程中找回自我、觅得全新使命感的典范（虽然"典范"这个词已经被用滥了）。虽然记录此行的《意大利游记》在他回国30年后才告出版，但他在意大利的经历以及对文艺复兴和希腊罗马古迹的研究，早已在30年前就开始影响他的

余生。更难得的是，他开始正视自己的天赋，作诗为文，撰写剧本。绘画固然仍不失为歌德的一生所爱，但他已不如往日一般沉迷其中。

----

❶ 意大利北部阿尔卑斯山区的风景名胜，意大利第三大湖。——译者注

▼ 下图：《卡普里岛蓝洞》水彩画，雅各布·阿尔特约1835年绘　▶ 意大利，西西里岛，埃特纳火山

▼ 下一页：意大利，科莫湖

格雷厄姆·格林：

·········· 利比里亚之旅重燃生命热情

1934年夏，格雷厄姆·格林（1904—1991）埋头写作，但收入微薄，经营惨淡，只能勉强养活家庭。他的第四部小说《斯坦布尔列车》好评如潮，市场热销，他却已经十分厌倦小说创作，声称"宁可得鼠疫，也不愿再花一年时间写一部小说"。奈何糊口要紧，他只能继续写作。当时游记风靡，他决定也写一部。他坦言，以前不曾离开欧洲，也很少离开英国，但为了迎合英美读者对秘境奇域的喜好，他决定前往利比里亚。

利比里亚源自1822年美国慈善家建立的移民区，用以安置自由黑奴❶。日后有人问及为何选择这个政治动荡的西非共和国，格林直言不讳："原因和攀爬珠穆朗玛峰一样，因为它就在那里❷。"其实主要原因可能是格林承担了反奴

隶制协会的委托任务，回国后需尽快向协会汇报利比里亚的国情。然而促成此行的另一个重要原因是他的小表妹芭芭拉·格林答应陪他去冒险。芭芭拉芳龄23，家境殷实，性格开朗，初入上流社交界，常常出入伦敦切尔西❸的沙龙和西区的夜店，她说从来没有参加过露营旅行。

1935年1月4日，兄妹二人启程前往非洲。下午6:05，他们到达伦敦尤斯顿车站，乘坐地铁前往利物浦。在利物浦"阿德尔菲酒店"休息一晚后，他们与另外五名乘客一起登上"戴维·利文斯通号"货船，途经比斯开湾❹、马德拉群岛、大加那利岛的拉斯帕尔马斯❺、冈比亚的班珠尔（时称巴瑟斯特）❻，驶往塞拉利昂首都弗里敦。格林和芭芭拉一踏上舷梯，英国《新闻纪事报》❼记者就开始拍照，格林为之恼火。

---

❶ 1822年，美国在当地建立移民区，用以安置废奴运动里得到自由的黑奴。利比里亚于1847年宣告独立。——译者注

❷ 英国著名登山家乔治·马洛里（George Mallory）1924年回答记者提问为何攀登珠峰时，给出了一个简洁而著名的回答："Because it's there（因为山就在那里）。"——译者注

❸ 伦敦西部的一个地区，文艺人士聚集地。——译者注

❹ 大西洋东北部、法国西海岸的海湾。——译者注

❺ 大加那利岛是西班牙自治区加那利群岛的主岛之一，拉斯帕尔马斯是岛上的城市。——译者注

❻ 冈比亚是西非国家，班珠尔为冈比亚首都。——译者注

❼ 创刊于1930年的英国日报，1960年停刊，并入英国《每日邮报》。——译者注

《新闻纪事报》随后推出"23岁女郎前往食人国[1]"的报道，标题耸人听闻，且涉嫌种族歧视。

格林后来在游记《没有地图的旅行》中断言，利比里亚部分地区，尤其以马诺人[2]为主的东北地区，食人风俗没有完全消失。许多当代人类学家不认同这种说法，但正如游记标题所示，他与芭芭拉的确亲身涉险深入利比里亚人迹罕至的腹地。那里灌木丛生，徒步才能到达，很少得到利比里亚首都蒙罗维亚居民的关注。

格林和芭芭拉在弗里敦短暂逗留，便动身前往利比里亚边境。他们先坐了两天窄轨火车，行驶290千米到达彭登布[3]，然后乘坐卡车到达毗邻几内亚的塞拉利昂城市凯拉洪，再徒步32千米到达利比里亚境内的博拉洪[4]，那里有一个美国基督教会所。1月16日，他们抵达会所。

离开弗里敦之前，他们雇了阿米多和拉米纳两名当地男孩充作导游和仆人，还雇了年长的索瑞来当厨师。旅行途中，他们又雇了25名脚夫帮忙搬运行李。芭芭拉说，行李很多，包括"很多床、桌椅，几个装食物的大木箱，一个滤水器，一个钱箱，两个行李箱，还有各种零星杂物"。

游历完博拉洪，他们继续漫游洛法州北部，旅经潘德迈、杜奥格比迈、济吉达三个村庄。格林说杜奥格比迈是一个"非常恐怖的村庄，在此地只终日饮酒，别无他事"，而济吉达"即使在晨曦的照耀下依然阴森可怖"。他

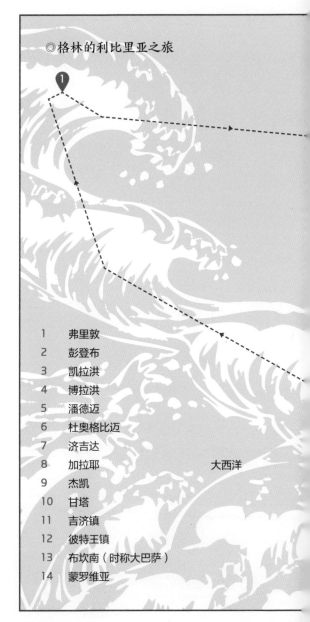

◎格林的利比里亚之旅

1	弗里敦
2	彭登布
3	凯拉洪
4	博拉洪
5	潘德迈
6	杜奥格比迈
7	济吉达
8	加拉耶
9	杰凯
10	甘塔
11	吉济镇
12	彼特王镇
13	布坎南（时称大巴萨）
14	蒙罗维亚

大西洋

---

❶ 即马诺族，利比里亚主要民族之一。——译者注
❷ 塞拉利昂东部城市。——译者注
❸ 洛法州的村庄。——译者注
❹ 利比里亚大西洋沿岸城市。——译者注

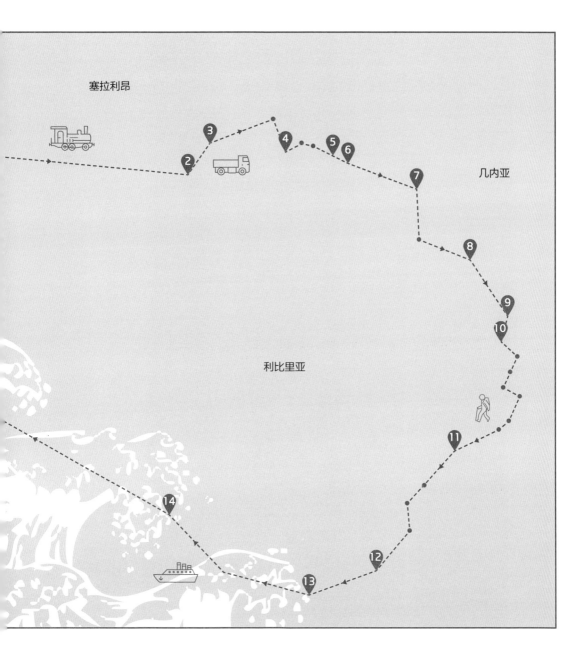

◀ 上一页：塞拉利昂，弗里敦

们继续冒险南下，取道加拉耶和杰凯❶前往布坎南（时称大巴萨）❷，再沿着大西洋海岸航抵蒙罗维亚。一路上，他们拍摄记录了宗教仪式。天气酷热，灰尘弥漫，虫叮蚁咬，蛇鼠成群，恶劣的环境让他们几近绝望。他们由衷敬佩忠厚老实、毅力坚韧的雇工随从，一路上遇见了友好的村民、凶暴的殖民官员、奸诈的当地商人和腐败的官员。

芭芭拉喜欢坐吊床出行，格林为了节省开支，一般选择步行，他估计每天要跋涉24千米。

❶ 利比里亚大西洋沿岸城市。——译者注
❷ 利比里亚宁巴州的村庄。——译者注

不过就要到布坎南的时候，格林在甘塔发烧病倒了，不得不让人扛着走。到了吉济镇，距布坎南还有七天的路程，芭芭拉非常担忧表哥的身体状况，她知道他信奉天主教，害怕他没有进行临终仪式就撒手而去。庆幸的是，格林翌日清晨就告康复。他们当日还收到好消息，说在哈林斯维尔可以乘坐卡车前往布坎南。好事成双，走出彼特王镇后，他们路过基督复临安息日会传教所，德国传教士的妻子请他们喝冰镇果饮，品尝姜饼。这位中产阶级主妇给芭芭拉留下了深刻的印象。

到了布坎南，他们费力挤上一艘开往蒙罗维亚的轮船。船上载满150名反对党政客，总统选举在即，作假戏码有可能上演，反对党要前往首都示威游行。七个半小时的航程中，反对党豪饮发酵的蔗汁，喝得酩酊大醉。

兄妹二人在蒙罗维亚待了九天便启程回家。3月12日，他们赶上"麦格雷戈·莱尔德号"，轮船四天后停靠弗里敦，很快又起锚驶向终点多佛。4月初，格林和芭芭拉在肯特郡多佛港上岸，并在此挥别。随后芭芭拉立即返回伦敦，格林则前往多佛的一家旅馆与妻子重聚。

英国权威传记作家诺曼·谢里评论道，利比里亚之行是"格林最愉快的旅游经历"，从此格林结缘非洲，并于1942年被派驻到弗里敦从事战时情报工作，为六年后出版的小说《命运的内核》积累了素材。英国游记作家蒂姆·布彻循着格林意义非凡的旅途游历非洲，他写道，格林在利比里亚"病情最危重的时候，意识恍惚，奄奄一息"，"非洲之旅让格林深刻意识到人生变幻，生死无常"。诚如格林本人所言，非洲之旅让他"重新学会了热爱生命"。

◀ 利比里亚、凯拉洪附近，丛林间的红土路

▼ 芭芭拉·格林的利比里亚游记《折返为时已晚》(*Too Late to Turn Back*)平装书封面

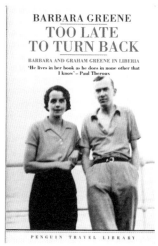

BARBARA GREENE
TOO LATE
TO TURN BACK

BARBARA AND GRAHAM GREENE IN LIBERIA
'He lives in her book as he does in none other that I know' – Paul Theroux

PENGUIN TRAVEL LIBRARY

赫尔曼·黑塞：

················· 求道东方

1946年，赫尔曼·黑塞（1877—1962）荣获诺贝尔文学奖。近20年后，黑塞已去世数年，却突然被探索自我、热情迸发的嬉皮士极力推崇。哈佛大学心理学家蒂莫西·利里博士[1]因推广迷幻药被解雇，他甚至提议："使用迷幻药前，要先阅读《悉达多》和《荒原狼》[2]。"黑塞断然不会喜欢这种情况，他讨厌社会运动，更不愿青少年成为他的拥趸。黑塞笔下的主人公大多反对教条，挑战西方传统，孤身追求自我实现和精神启蒙之路，在20世纪60年代和70年代引发了年轻读者的共鸣。

1911年，黑塞婚姻触礁，第三个儿子马丁才出生几个月，他就离开欧洲，匆匆踏上东方之旅。在瑞士画家朋友汉斯·斯图泽内格的陪同下，黑塞旅经德国、瑞士和意大利，两天后，9月6日，他在热那亚登上"艾特尔·弗里德里希王子号"。黑塞打算去印度，他的父母和外祖父母都曾在印度传教。黑塞小时候经常听外公赫尔曼·贡德特讲故事，丰富多彩的故事激发了他对东方的向往。在黑塞成长过程中，他对外公既怕又爱，充满敬意。贡德特是一位才华横溢的语言学家，会说30多种语言，编纂过多部马拉雅拉姆语[3]–英语双语字典和语法书。他在印度南部生活了23年，大部分时间都在喀拉拉邦的塔拉塞里（时称代利杰里）研究当地语言和方言，传播上帝（基督）的圣言。

黑塞从未去过印度，最远只到过印度尼西亚、马来西亚和斯里兰卡（时称锡兰）。他必然继承了外公的诸多品质，但他很快就发现，自己对热带气候的适应能力远不如外公。"艾特尔·弗里德里希王子号"刚离开那不勒斯，黑塞就热得难受。船上饮食主要照顾英国殖民者的口味，他难以适应，腹泻不止，不吃药就难以入眠。欧洲乘客神情慵懒，目中无人，谈

---

❶ 20世纪60年代美国反主流文化的知名人物，主张迷幻药有助于精神成长和精神治疗，能让人获得体验世界的新方式。——译者注
❷ 两部均为黑塞的长篇小说。——译者注

❸ 印度喀拉拉邦通行的语言。——译者注

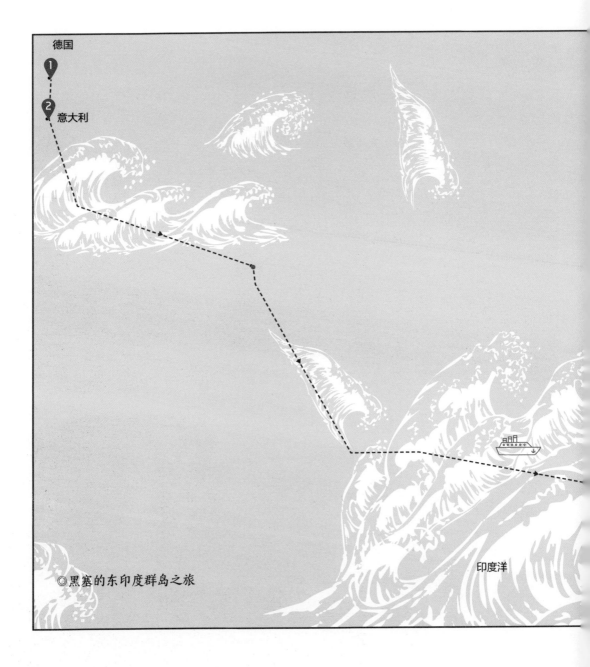

德国

1

2 意大利

◎黑塞的东印度群岛之旅

印度洋

◀ 上一页：斯里兰卡的大象

吐充满优越感，他甚是不满，仿佛他们的一切都让人避之不及。

几年后，黑塞用浪漫的笔触回忆东方的第一站——马来西亚槟榔屿：这座亚洲之城洋溢着热情的活力；印度洋"在珊瑚群岛之间蜿蜒，波光粼粼"；"五光十色的街头蔚为壮观"，让人目不转睛；"红男绿女热情奔放，蜂拥进入小巷"；"夜晚的海面一片烛光"。然而事实上，黑塞旅行时对风景欣赏不足，厌恶有余，他讨厌那里的气味、污浊、贫穷以及随处可见的乞丐和街头商贩。尽管他喜欢中国人，却不愿与马来人来往，因为觉得他们太过冲动，而且不知何故，对殖民压迫者过于卑躬屈膝。黑塞和斯图泽内格从槟榔屿乘船到达新加坡，随后坐人力车四处游览，并在那里搭乘一艘荷兰汽船穿越赤道，前往印度尼西亚苏门答腊岛南部。

黑塞的期待不断幻灭。乘坐中国小河船前往巨港❶的途中，他一度手足无措。丛林非常潮湿，他害怕被绿色的藤蔓缠住，此外，昆虫滋扰、痢疾之苦，无不使他心烦意乱。

终于离开苏门答腊岛后，黑塞和斯图泽内格兴致勃勃地前往斯里兰卡。在黑塞眼中，与苏门答腊岛相比，斯里兰卡可谓"树蕨和棕榈簇拥的天堂"。但事实证明，黑塞难以适应这里的气候和环境。在斯里兰卡中部省省会康提，黑塞病情加重，靠红酒和鸦片续命，无法照常前往佛牙寺朝圣。佛牙寺是佛教圣地，据

❶ 苏门答腊岛南部最大的港口。——译者注

说大寺庙供奉着佛陀的一颗牙齿。他慢慢熬过病痛,身体有所起色,勉力攀登斯里兰卡最高峰——皮杜鲁塔拉格勒山。登山结束,黑塞精神大振,决定尽快离开亚洲。他和斯图泽内格艰难跋涉,登上驶往新加坡的中国汽船"马拉斯号",赶上了回欧洲的第一班船。回国后他开始撰写游记,大部分内容都在诟病亚洲之行的见闻。他从未到达印度,却将游记题为《印度纪行》,实在是有些匪夷所思。

虽然他对亚洲大失所望,但回国后潜心钻研《吠陀经》《奥义书》《薄伽梵歌》以及各类小乘佛经等东方圣典。1919年至1922年,黑塞参阅阿尔弗雷德·希勒布兰特[1]的《梵书与奥义书菁华》,从中汲取灵感,创作了《悉达多》。这部小说以公元前5世纪的印度为背景,讲述了婆罗门教牧师之子悉达多必须与信仰和家庭分道扬镳、亲自求索真理的故事。书中描绘的印度玄秘深奥。或许正是由于黑塞并未亲身游历印度,书中的描绘才未免掺杂了各种文化。倘若他真正去过印度,并以此为基础创作,其笔下的印度也许会失色不少。

▲ 汉斯·斯图泽内格自画像,描绘了他身披工作服在画室作画的场景

► 马来西亚,槟榔屿,马六甲海峡的日落

帕特里夏·海史密斯：

⋯⋯⋯⋯⋯⋯ 波西塔诺成就经典角色

帕特里夏·海史密斯（1921—1995）塑造的托马斯·雷普利，无疑是当代小说中最令人难忘的角色之一。1955年，《天才雷普利》等五部雷普利系列小说出版，雷普利正式登上文学舞台。他风度翩翩，雌雄莫辨，精通易容，道德鄙下，偷盗、欺诈、杀人，无恶不作。在系列首部小说《天才雷普利》中，雷普利受人之托，带着1000美元生活费，搭乘头等船舱前往意大利，劝说出身美国富商家庭的浪子理查德·格林利夫（又名"迪基"）回国。小说试图探寻人的作恶能力、表象与真相的距离、个体身份的构建等问题。海史密斯深度共情变幻莫测、人格扭曲的主人公，甚至将信函署名为"帕特·海，别名雷普利"。雷普利原型系作者1952年偶遇的一个真实人物，彼时海史密斯在重游意大利阿马尔菲海岸的波西塔诺村。

海史密斯出生于美国得克萨斯州。1949年，她得知处女作《列车上的陌生人》即将出版后，第一次到意大利旅行，这也是她首度游历欧洲。她用创作漫画的积蓄和从家里讨来的钱支付旅费。海史密斯是双性恋，相对更爱同性，但在6月4日离开纽约之际，她已经与英国男作家马克·布兰德尔订婚。她乘坐"玛丽皇后号"横渡大西洋，前往英国南安普敦，住在经济舱，不得不与四名女性挤在一室，她草草写下经历感想，宣泄不满。航行途中，她犹豫良久，最后还是认定婚姻将难以维持，决定取消婚约。

她再三权衡传统的婚姻能否带来幸福，后来爱上一名欧洲女性，才摒弃了一切顾虑。旅行第一站，海史密斯来到伦敦，与即将成为出版商的丹尼斯·科恩及其妻子凯瑟琳同住。凯瑟琳聪慧动人，做过演员。她陪着海史密斯欣赏风景，游览沃里克郡埃文河畔斯特拉特福剧院。海史密斯很快就对这位比自己年长的成熟女性动心，但她行程已定，不久就要离开英国，前往欧洲大陆。

她从伦敦维多利亚车站出发，前往港口乘船到达巴黎。她深爱巴黎这座城市，它的一

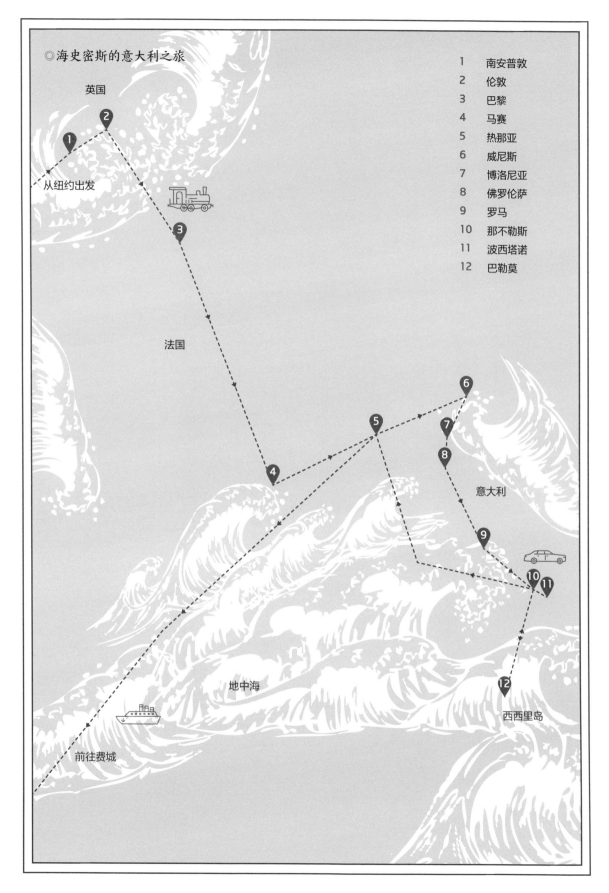

切的光辉和污秽。她南行到达马赛，然后游历意大利的热那亚、威尼斯、博洛尼亚、佛罗伦萨和罗马。在罗马，她感到不适和孤独，于是致函凯瑟琳，恳求她来意大利做伴。两人最终计划在旅途下一站那不勒斯碰面。

那不勒斯到处是断壁残垣，街道破败污浊，喧嚣嘈杂，教堂钟声、犬吠声和汽车喇叭声混作一片，从黎明响彻黄昏，海史密斯惊骇不已。9月3日，凯瑟琳抵达那不勒斯。9月7日，她们与另一位朋友驱车前往波西塔诺。波西塔诺是阿马尔菲海岸一个风光旖旎的渔村，在海史密斯的描绘中，它依偎着"岩石环抱的秀丽海湾"。对她的生活和创作来说，这个村庄意义独特。她和凯瑟琳在西西里岛返回波西塔诺的船上坠入爱河，前往那不勒斯游览时依然情意缠绵。恋情来势迅猛又转瞬即逝，几周后的9月23日，海史密斯独自从热那亚驶往美国费城。

三年过去，海史密斯带着新伴侣埃伦·希尔回到波西塔诺。希尔是一个性情多变、专横强势的社会学家，对海史密斯酗酒、邋遢的毛病唠叨不休。英国传记作家安德鲁·威尔逊写道，这对恋人"一开始就饱受折磨"。她们打算花两年时间游历欧洲，1952年6月初从佛罗伦萨来到波西塔诺，入住"米拉马雷酒店"。酒店风景宜人，可以俯瞰萨莱诺湾和地中海美景。一天早晨，约莫6点，海史密斯走到房间阳台，望向下面的沙滩，看到一个人影独行。她后来回忆道："天气凉爽，四下静

谧，身后悬崖高高耸立……我看到一个年轻人踽踽独行，只着短裤和凉鞋，肩上搭着一条毛巾……他看起来心事重重，踌躇不安。"海史密斯再也没见过他，也无从得知其名，却被他的形象吸引，两年后，她以此为原型创造了托马斯·雷普利。

在《天才雷普利》中，波西塔诺也以蒙吉贝洛的名字占有一席之地。雷普利处心积虑，在蒙吉贝洛介入迪基与其女友玛吉的生活。这对恋人住在海滨胜地，远离尘嚣，悠然自适，只有生来富贵之人，才有福享受。如今，波西塔诺已不见昔日幽静，不免令人扼腕。20世纪90年代末，英国电影导演安东尼·明格拉拍摄《天才雷普利》，他发现整个阿马尔菲海岸地区的开发痕迹过重，不适合拍摄，遂将蒙吉贝洛取景地换成那不勒斯湾的伊斯基亚岛和普罗奇达岛。

▶ 那不勒斯

▶ 下一页：意大利，波西塔诺

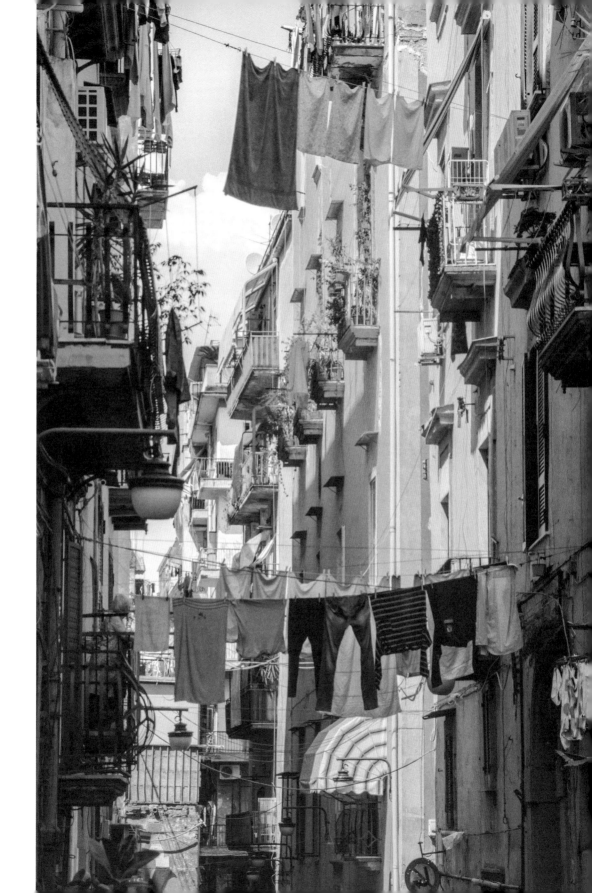

佐拉·尼尔·赫斯顿：

·············· 采风牙买加和海地

佐拉·尼尔·赫斯顿（1891—1960）是哈莱姆文艺复兴❶的活跃分子。一战结束后，纽约迅速涌现大批非裔美国作家、诗人、剧作家、美术家和音乐家，他们用作品讲述黑人生活，力图弘扬非洲传统文化，摆脱白人的成见和偏见。20世纪20年代，赫斯顿开始在文艺舞台大放异彩，与诗人兰斯顿·休斯等皆有合作，30年代更是享誉世界，成为全球交口赞誉的小说家和民俗学先驱。

赫斯顿就读巴纳德学院❷期间，师从德裔美籍人类学家弗朗兹·博厄斯，早年在哈莱姆进行人类学田野调查。1927年，在博厄斯的鼓励下，她回到家乡佛罗里达州，调研美国南部的黑人民俗，为首部纪实作品《骡子与人》收集了素材。1935年，在其处女作、半自传体小说《约拿的葫芦蔓》问世一年后，《骡子与人》出版，其主要内容自然离不开佛罗里达州和赫斯顿的故土——黑人自治市伊顿维尔。

1936年3月16日，赫斯顿获得两千美元的古根海姆奖学金❸，用于"研究西印度群岛的黑人巫术"。为了完成期待已久的项目，她离开美国近16个月，头12个月来回奔波于牙买加和海地，1937年5月起完全扎根海地，用4个月时间调研当地伏都教❹。

离开美国前，她想了结一件私事。当时赫斯顿45岁，离异三次，正与哥伦比亚大学研究生珀西·庞特相恋，对方大概比自己年轻20岁。她称这段感情是"一生真爱"。庞特希望赫斯顿放弃事业，成婚后跟他到纽约附近安家。赫斯顿好不容易实现了独立，建立了个人事业，她无法抛下现有的一切，遂以出国研究为由结束恋情。

她从纽约启程，前往加勒比海。1936年4月13日，她登陆海地首都太子港，前往政府部门说明情况，报备六个月后重返海地，次日登

---

❶ 黑人文艺复兴运动，以彰显黑人觉悟和民族自尊心为主旨，并强调黑人艺术对美的表现力。——译者注
❷ 美国一所私立女子文理学院。——译者注

---

❸ 由美国国会议员约翰·西蒙·古根海姆（John Simon Guggenheim）夫妇于1925年设立的古根海姆基金会颁发，每年授予世界各地的杰出学者和艺术工作者。——译者注
❹ "伏都"意为灵魂或神灵。伏都教源于西非宗教，随着被贩卖的非洲黑奴传至美洲。——译者注

上前往牙买加的轮船。当时牙买加还是英国殖民地，非裔加勒比社区之间存在种族矛盾，黑人女性命运悲惨，赫斯顿大为震惊。一名与她在沿海山地圣玛丽堂区交谈的男子认为，投身事业的女人"就是在浪费生命"。

尽管如此，身为美国访问学者，赫斯顿受到的礼遇远胜牙买加女性，享受到她们无可企及的厚待。圣玛丽堂区特意宰杀一只山羊以示欢迎，鲜香浓郁的山羊宴循例在月下举行，素来是堂区的一项盛大活动。赫斯顿获准定期与一位伏都教药师会面，并两次参加了"九夜"仪式，据说这个仪式是为了让坟墓里逝者的灵魂得到安息。

在牙买加的最后三个月，她基本与马龙人❶一起生活。马龙人堪称勇士，以前曾是黑奴，通过反抗获得自由，此后一直躲避追捕，抵制同化。他们住在圣凯瑟琳堂区高山密林中的阿坤鹏村。马龙人领袖让赫斯顿坐山羊前往偏远的住所，不过山羊非常不配合。之后，赫斯顿再次破例，随男性一起深入丛林猎猪，结果双脚起疱严重。

最倒霉的事还在首都等着她。去金斯敦一家餐馆匆忙吃午饭时，她的钱包被偷，里面有一大笔现金，更糟糕的是，在巴克莱银行分行取奖学金的信用卡也在里面。转眼间，赫斯顿

◎赫斯顿的牙买加和海地之旅

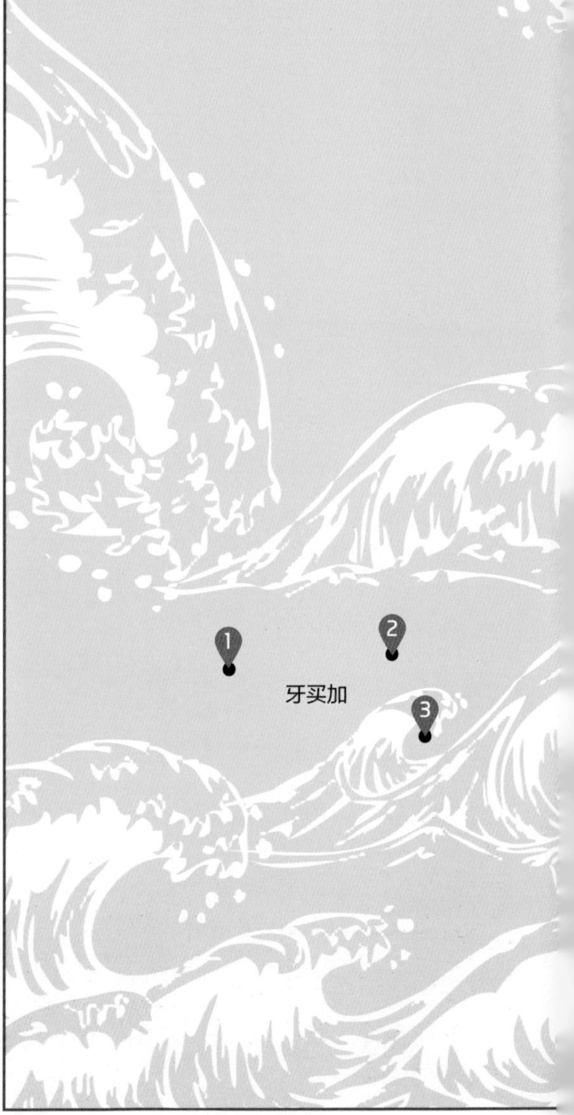

牙买加

---

❶ 17、18 世纪逃脱英国殖民压迫的黑奴的后裔。——译者注

1	阿坤鹏村
2	圣玛丽堂区
3	金斯敦
4	戈纳夫岛
5	阿尔卡艾
6	太子港

海地

加勒比海

◀ 上一页：牙买加金斯敦附近的蓝山

身无分文，银行柜员盛气凌人，不肯通融，拒绝取款，她不得不借钱给纽约发电报，申请一笔紧急津贴渡过难关，等待新信用卡寄过来。

牙买加固然有趣（也让人气恼），却难匹海地。9月23日，她回到太子港，没过几周就致函古根海姆基金会秘书，询问能否申请第二笔奖学金，争取继续在海地收集宗教材料。赫斯顿常对旅途见闻异常惊讶，并一直在积极了解伏都教诸神及其巫术，观察牧师、异士和信徒的举止，即便如此，她仍不免回想起草率收场的爱情。一天，她整日在外收集民间故事，回家后筋疲力尽，焦躁不安，开始写起小说《他们眼望上苍》。她后悔就那样离开庞特，希望透过小说，表达独立自主的愿望。故事主人公是聪明的黑人女性珍妮·克劳弗德，来自伊顿维尔，追求独立自主且充实浪漫的生活，结果不得善终。小说写得很快，12月19日就告完稿，仅仅用了七个礼拜。赫斯顿立即将手稿寄给美国出版社，然后匆匆赶到太子港以西的戈纳夫岛过圣诞节。

回到海地的大陆后，她前往阿尔卡艾，向伏都教传奇人物、最高牧师之一迪厄·多内·莱杰讨教，了解到各种各样的圣礼，包括用鸽子和鸡献祭，意在复活刚刚死去的人。

1937年3月初，赫斯顿离开海地回到美国。

▲　牙买加，金斯敦，西皇后街，1937年3月摄

到达纽约后，出版社对《他们眼望上苍》赞不绝口，计划秋天出版。她还与出版社签了合同，计划写一部有关加勒比海的书（1938年以《告诉我的马》为名出版），因此急于回海地完成调研。申请护照耽搁了两个月，一回海地，她就埋头钻研伏都教和众说纷纭的还魂尸问题。研究结束，她乘船回国，9月下旬抵达纽约。《他们眼望上苍》已经引起全城热议，虽一度遭男评论家忽视和轻蔑，但最终成为黑人女性文学经典。

◀　赫斯顿击打洪达鼓（又名"妈妈鼓"），1937年摄

杰克·凯鲁亚克：

初试公路游

杰克·凯鲁亚克（1922—1969）是"垮掉的一代"[1]先驱，其代表作《在路上》激励了数百万人踏上美国公路之旅。1947年夏天，他与预科学校老同学亨利·克鲁（又名"汉克"）在纽约重逢。克鲁正前往旧金山，准备到西海岸的一艘轮船担任首席电工，他邀请凯鲁亚克同去，应聘做他的助手。凯鲁亚克正为处女作《镇与城》犯愁，初稿只写到一半，想借机喘口气，所以欣然同意。

7月17日，他们从凯鲁亚克的家出发（纽约皇后区奥松公园跨湾大道133-01号），在第七大道乘坐地铁，途经晨边高地和哈莱姆[2]，到达终点站布朗克斯区[3]第242街，换乘无轨电车前往扬克斯[4]。凯鲁亚克推崇不受限制的自由表达，效仿波普爵士乐手激进的即兴表演，创造

了"自发式散文"写作手法，也因此声名远扬。对这样一位作家而言，旅行计划自然周密而详尽。他用红笔规划路线，像会计一样精打细算。

由于手头不够宽裕，凯鲁亚克打算尽量搭便车。一开始他运气不错，搭了几趟便车，沿着哈得孙河北行，到达纽约以北80千米左右的六号公路入口。此处已是城市边缘，前面就是康涅狄格州乡村和阿巴拉契亚山步道。不料此行偏逢暴雨，路上空空荡荡，他只好灰溜溜地踮脚往回走，走到纽约宾夕法尼亚车站，忍着肉痛花钱买票，乘坐灰狗巴士[5]前往芝加哥。《在路上》描写这段车程"平淡无奇"，"婴孩哭闹，窗外烈日炎炎，沿途城镇总要停靠，乡下人上车下车。进入俄亥俄州平原，车子才开始奔驰，驶过阿什特比拉市，然后径直穿过印第安纳州"。

到芝加哥后，他在基督教青年会[6]订了一个便宜的房间，然后匆忙赶到市中心卢普区，

---

[1] 流行于20世纪50年代和60年代的美国文学流派。该流派作家主力是男女青年，要求摆脱一切陈规旧俗的束缚，寻求各种刺激，追求绝对自由的生活，纵欲迷乱，蔑视传统创作方式，作品结构松散、用词俚俗、消极颓废，以此反叛美国现实社会和传统价值体系。——译者注
[2] 晨边高地和哈莱姆是纽约市的两个社区。——译者注
[3] 位于纽约市郊。——译者注
[4] 纽约州的城市。——译者注

[5] 美国城际长途大巴。——译者注
[6] 基督教青年社会活动和服务机构，注重青年德、智、体、群方面的教育，还提供经济型住宿。——译者注

光顾几家高档爵士乐场所。没过多久又开始上路，乘坐巴士到伊利诺伊州乔利埃特市，换乘卡车司机的便车抵达州界，在这里偶遇一位中年妇女，帮她一起开车去艾奥瓦州达文波特市，即他的偶像、美国爵士乐手毕克斯·拜德贝克的出生地。此行他第一次见到密西西比河，《在路上》中写有，密西西比河"沾染了美国原始躯体的气味"。

7月28日，他到达科罗拉多州丹佛市，拜访朋友尼尔·卡萨迪。卡萨迪生活逍遥，有过轻微前科，其文学作品惊世骇俗，是《在路上》中迪安·莫里亚蒂的原型，也是凯鲁亚克作品中科迪·波梅雷的原型，并因此永存文学史册。卡萨迪当时正陷入复杂的三角恋，他与妻子露安娜、美国诗人艾伦·金斯伯格和新欢、第二任妻子卡罗琳·鲁宾逊同时交往，情感纠葛之余，还兼顾一份全职工作。凯鲁亚克见状，只在丹佛逗留了几日，便与这名知己笔友匆匆挥别。

到丹佛不到一天，凯鲁亚克就给母亲寄去一封救急信，央求她电汇25美元，用来买票去旧金山，因为身无分文的他已经料到，途中会经过落基山脉、大盆地❶和内华达山脉，遍地是山区和荒漠，非但搭不上便车，而且还相当危险。

收到母亲汇款后，他即刻坐车出发，沿途欣赏窗外的盐湖城❷和内华达州里诺市。经过加利福尼亚州（下文简称"加州"）特拉基市

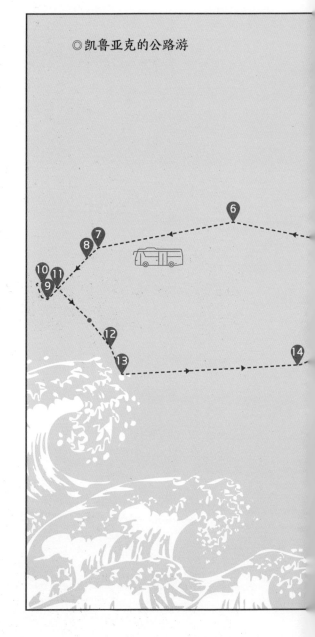

◎凯鲁亚克的公路游

---

❶ 北美最大的内流盆地，气候干旱，地形复杂。——译者注

❷ 美国犹他州首府。——译者注

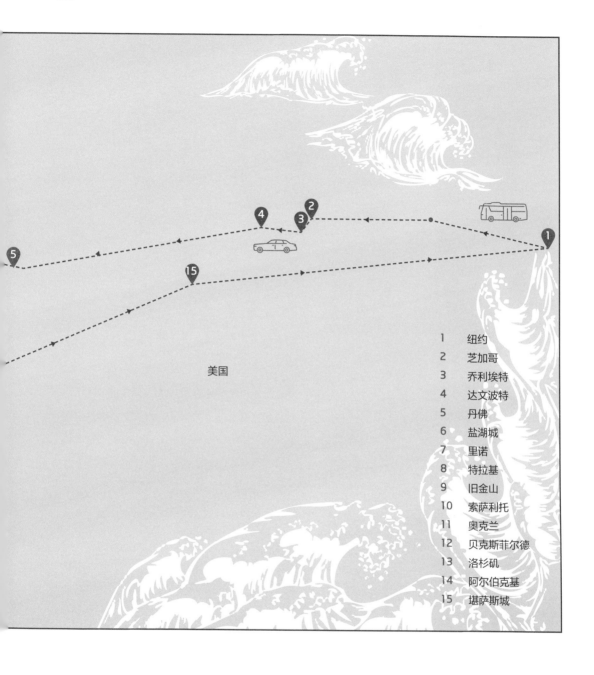

美国

1	纽约
2	芝加哥
3	乔利埃特
4	达文波特
5	丹佛
6	盐湖城
7	里诺
8	特拉基
9	旧金山
10	索萨利托
11	奥克兰
12	贝克斯菲尔德
13	洛杉矶
14	阿尔伯克基
15	堪萨斯城

◀ 上一页：芝加哥，卢普区

▲ 尼尔·卡萨迪和凯鲁亚克，1952年摄

▶ 美国，加州，马林县

时，他开始打瞌睡，到了旧金山市场街和第四街路口才被别人叫醒。他在旧金山崎岖的街道上溜达，穿过金门桥进入马林县与克鲁会合。克鲁没法兑现承诺，只能让他和自己一起做索萨利托❶警局的保安员。虽说可以戴警徽，穿制服，配枪支和警棍，不过报酬实在太低。

9月下旬，凯鲁亚克厌倦了执法工作，上交警徽辞职。跋涉完当地的塔玛佩斯山，他与克鲁辞别，朝东海岸前进。10月14日到达加州奥克兰市，然后沿着圣华金河谷抵达加州贝克斯菲尔德市，因为一直没搭上便车，只好买票去洛杉矶。在车上，他遇到逃离丈夫虐待的墨西哥年轻女子贝亚·佛朗哥，与她两情相悦。两人起初躲在好莱坞大道附近的一家旅馆，后来一起摘葡萄、采棉花，打算存钱迁居纽约，等她处理好家事就走，不过谁都不相信约定会实现，最后两人以分手告终。凯鲁亚克没有全然淡忘贝亚，《在路上》中的特丽就是以她为原型。

凯鲁亚克离开洛杉矶，再次乘坐巴士疾驰而去，前往新墨西哥州阿尔伯克基市和密苏里州堪萨斯城，一路向东，10月29日安全抵达纽约。公路游虽然结束，凯鲁亚克的旅程才真正开始，百转千回，呕心沥血，《在路上》才得以惊喜问世。

❶ 加州马林县下属城市。——译者注

杰克·伦敦：

============= 克朗代克[1]淘金大冒险

杰克·伦敦（1876—1916）认为，虽然去加拿大育空地区淘金没赚到一分钱，但"托这次远行的福……过上了殷实的日子"。他根据淘金时的见闻创作了大量小说，离开克朗代克不到两年，就跻身美国高收入作家之列，被誉为"美国吉卜林[2]"。杰克·伦敦的扛鼎之作《野性的呼唤》和《白牙》可谓传世经典，与其许多其他作品一样，都取材于育空地区的探险经历。

育空地区发现黄金的消息传开后，约10万人涌向北方（大部分为男性），年仅21岁的杰克也是其中一员。育空地区位于加拿大，冰山绵延，湖泊密布，云杉茂密，地广人稀，几乎与世隔绝。杰克虽然年纪轻轻，但阅历不浅，此前八年，他当过蚝贼、水手、流浪汉、工人、学生和实习记者。他为加州一家报社撰稿，曾试图说服报社聘他为特别记者，资助他去北方考察金矿，但报社没有答应。他60岁的姐夫詹姆斯·谢泼德船长被淘金热冲昏了头，表示愿意和杰克同去，并且抵押了妻子的房产（当然已征得同意），解决了资金问题。

为了应对北极可能出现的情况，他们斥巨资购买了"毛皮大衣、毛皮帽、沉重的高筒靴、厚实的手套，以及保暖效果最好的红法兰绒衫和打底裤"，还购置了采矿和露营装备（帐篷、铲子、斧头、毛毯、炉子等）。加拿大政府规定，只有带足一年的食物和物资才能入境。两人说好，搬运行李的工作主要由杰克承担。

1897年7月25日，杰克和谢泼德穿好采矿服，带着大量行李，登上"尤马蒂拉号"轮船，从旧金山驶往华盛顿州。到了西雅图以北约55千米的汤森港，两人换乘同样满载淘金者的"托皮卡城号"，前往阿拉斯加州朱诺市。两人途中结识了詹姆斯·古德曼（绰号"老吉姆"）、艾拉·斯洛珀和弗雷德·汤普森三位志同道合的矿工，并与他们商定组队淘金。古德曼是经

---

❶ 加拿大西北部育空地区的城市。——译者注

❷ 即约瑟夫·鲁德亚德·吉卜林（（Joseph Rudyard Kipling，1865—1936），英国小说家、诗人，1907年凭借小说《基姆》荣获诺贝尔文学奖。——译者注

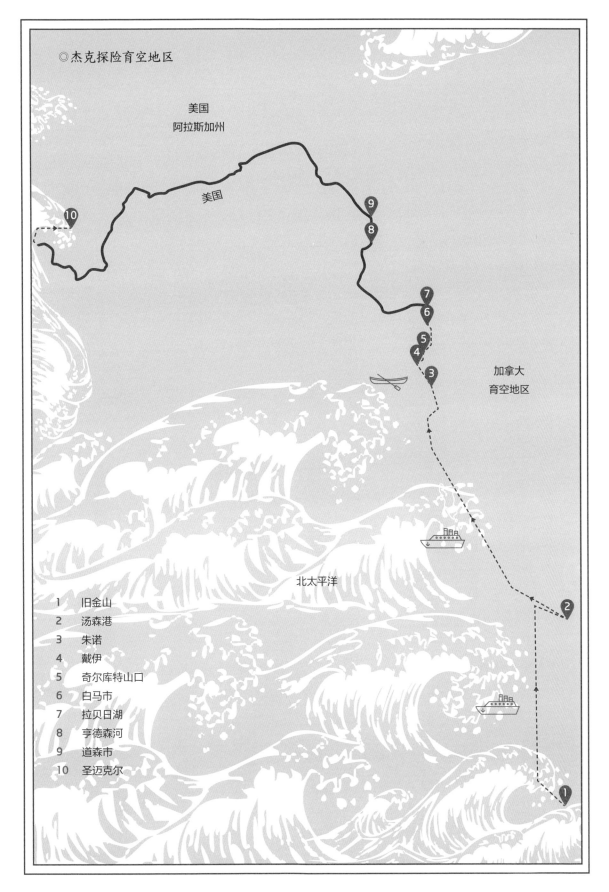

◎杰克探险育空地区

美国
阿拉斯加州

美国

加拿大
育空地区

北太平洋

1   旧金山
2   汤森港
3   朱诺
4   戴伊
5   奇尔库特山口
6   白马市
7   拉贝日湖
8   亨德森河
9   道森市
10   圣迈克尔

验丰富的矿工和猎人，并非为了暴富而北上的莽夫；斯洛珀虽然爱要滑头，但木匠功夫到家；汤普森寡言少语，以前做过法院书记员，擅长统筹管理，做事有条不紊，他在日记里记述了前往克朗代克的经历，内容比杰克·伦敦小说中的叙事更为真实，后世意图探究真实情况的读者因此颇为受益。

8月2日，他们在朱诺停靠，坐上特林吉特人❶的独木舟，穿过160千米长的峡湾，三天后到达戴伊❷。路途愈发艰险，前面的奇尔库特步道是登上美加边境奇尔库特山口的必经之路，上山道路斗折蛇行，崎岖不堪。跋涉九天后，谢泼德举步维艰，或许是心脏病和风湿让他不堪忍受，只好就此作罢，打道回府。马丁·塔沃特很快就取代了他的位置，他们之前在加州圣罗莎市结缘，塔沃特上了年纪，却仍富有冒险精神，主动提出加入，表示愿意做饭、打扫，随时帮忙。杰克以他为原型，创作了自传体小说《像古时的阿耳戈斯一样》。

8月底，他们到达奇尔库特山口，获准进入加拿大。接着只需要建一艘船，驶过一个个湖泊、一条条溪河，进入育空河，再向北航行800千米就能到达道森市。天气转凉，队员只能与时间赛跑，赶在育空河封冻前到达，否则要等到来年春天才能通航。

时间紧迫，他们冒险冲向激流滚滚的博克斯峡谷和白马市。白马市奔腾的急湍位于育空河支流六十英里河，据记载，仅1898年就有150多艘船在此失事。不过有杰克掌舵，他们的"育空丽人号"轻松冲出白马市，加速驶至拉贝日湖，这里北风呼啸，狂风暴雪，船只艰难动弹，用时一周才驶过湖面。10月2日，他们驶入育空河最后一条支流三十英里河。

七天过去，距道森市南部还剩128千米。在斯图尔特河和亨德森河口的小岛上，他们发现了哈得孙湾公司废弃的小屋，看起来还可以使用。随着气温下降，育空河已经泥泞不堪，他们决定在小屋过冬，于是卸下行装，尽力改造了一番这间十平米的小木屋。随后，他们还去勘探金矿，古德曼在淘金盘中淘到了第一粒金，他们为之精神大振。

趁育空河还没封冻，他们派杰克和汤普森前往道森市申请金矿开采权，并打探消息、补充物资。两人凑巧在路易斯·邦德和马歇尔·邦德的小木屋旁扎营，这为杰克的文学创作提供了素材。邦德兄弟毕业于耶鲁大学，是加州富豪海勒姆·吉尔伯特·邦德法官的后裔，起初兄弟俩以为满脸胡子的杰克是克朗代克游民，但很快就被其口才和人格魅力征服。邦德兄弟养了一条狗，系圣伯纳犬和苏格兰牧羊犬杂交犬种，名字叫做"杰克"，也就是《野性的呼唤》中巴克的原型。

---

❶ 阿拉斯加的原住民，属于印第安人。——译者注
❷ 当时阿拉斯加州的一个小镇，今已并入斯卡圭市，成为克朗代克淘金热国家历史公园的一部分。——译者注

▶ 美国，阿拉斯加州，朱诺

道森市建市不到一年，大部分设施都用来满足淘金者的需求。伦敦和汤普森在这里度过六周，大部分时间，杰克都在埃尔克霍恩和埃尔多拉多酒馆取暖聊天，请前辈讲述时乖运拙的采矿往事。很多人认为，杰克善于倾听和交谈，个性十足，所以大家都乐意向他倾诉。

最终，两人依依不舍地与众人挥别，冒着零下严寒，踏着雪鞋跋涉冰冻的育空河，回亨德森河与伙伴会合。回来后，他们只能躲在逼仄的木屋里，忍受数月酷寒，吃不到新鲜蔬菜，只有酸面包、豆子、熏肉油和肉汁，所有人都得了坏血病。

物资有限，伦敦却不懂得节省，为此与斯洛珀发生争执。伦敦还弄坏了木匠破冰取水的斧头，矛盾彻底激化，他被迫和另外三人搬到邻近的小屋。短篇小说《远离故土》影射了这场冲突，故事中有两个人在克朗代克的小屋里过冬，最后互相残杀。

1898年5月，育空河解冻，伦敦和一位室友拆下屋子，做成木筏驶往道森市。木筏卖了大约600美元，伦敦花钱吃了生土豆，喝了柠檬汁，坏血病症状才稍有缓解。6月8日，他决定离开道森市，与另外两人坐小船出发，沿着育空河航行2400多千米，前往白令海。经过近一个月的航行，船员精疲力竭，6月底终于抵达阿拉斯加海岸的圣迈克尔市。杰克到一艘开往旧金山的汽船上做司炉工，7月底回到奥克兰。此时他身体虚弱，一贫如洗，但在此后18年里，他凭借精彩的故事发家致富。

◀ 阿拉斯加淘金热时期，淘金者翻越奇尔库特山口，1897年插画

▶ 《野性的呼唤》1903年版封面

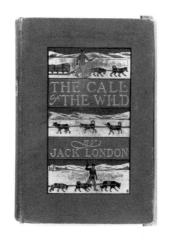

费德里科·加西亚·洛尔迦：

⋯⋯⋯⋯⋯徜徉大苹果城 ❶

费德里科·加西亚·洛尔迦（1898—1936）是西班牙诗人、剧作家、文学家，与超现实主义艺术家萨尔瓦多·达利 ❷ 和路易斯·布努埃尔 ❸ 一度志同道合，交往甚密。洛尔迦著有抒情诗集《吉卜赛谣曲集》，歌颂了罗姆人 ❹ 和故乡安达卢西亚 ❺ 的神话、民俗和风情，广受好评，他也因此成为西班牙家喻户晓的作家。然而，诗集的出版也让他与达利交恶。洛尔迦认为，布努埃尔等人合谋诋毁自己，并离间他与达利。与此同时，他深爱着的恋人、英俊的雕塑家埃米利奥·阿拉德伦只视他为性伴侣，瞒着他与在马德里从事化妆品贸易的英国女人埃莉诺·达夫交往，这让他更加痛苦。1928年春末，洛尔迦深陷抑郁。

洛尔迦的父母担心他的精神状况，向他在马德里的朋友求助，有人建议让他出国旅行散心。不久，洛尔迦宣布陪同费尔南多·德洛斯·里奥斯前往纽约哥伦比亚大学讲学。里奥斯是社会主义政治家和法学教授，也是洛尔迦就读格拉纳达大学期间的导师。

美国的西班牙语文坛热切期盼洛尔迦的到来。1929年6月29日，洛尔迦抵达港口，多位西班牙友人和记者在码头迎接，领头人是哥伦比亚大学西班牙语系教授费德里科·德奥尼斯，该系另一位教授安赫尔·德尔·里奥也在列，日后他出版了一部研究洛尔迦的专著。经德奥尼斯安排，洛尔迦进入英语系学习，住在晨边高地校区弗纳楼671室。英语课旨在为外国学生打下语言基础，尽管洛尔迦很用功，英语却一直停留在初级水平。德尔·里奥回忆，洛尔迦到美国九个月后，只能强行记住重点词组的读音与人交流，而且他的口音非常重。

纽约道路平直，状如棋盘，容易辨认，洛尔迦到哪儿都很方便。他最喜欢在热闹的街上闲逛，四处游荡，穿梭于哈莱姆、炮台公园、下东区、百老汇和第五大道的人行道上，光顾爵士酒吧、电影院、音乐剧院、餐馆和地下酒吧（当时法律禁止饮酒）。多日漫游过后，洛尔迦创作了富有想象力的诗篇，如《呕吐人群之景（科尼艾兰的傍晚）》《撒尿人群之景（炮台广场夜曲）》《不夜城（布鲁克林大桥的夜

---

❶ 纽约市的别称。——译者注
❷ 西班牙知名画家（1904—1989）。——译者注
❸ 西班牙知名电影导演（1900—1983）。——译者注
❹ 又称吉卜赛人或波希米亚人。——译者注
❺ 西班牙自治区之一。——译者注

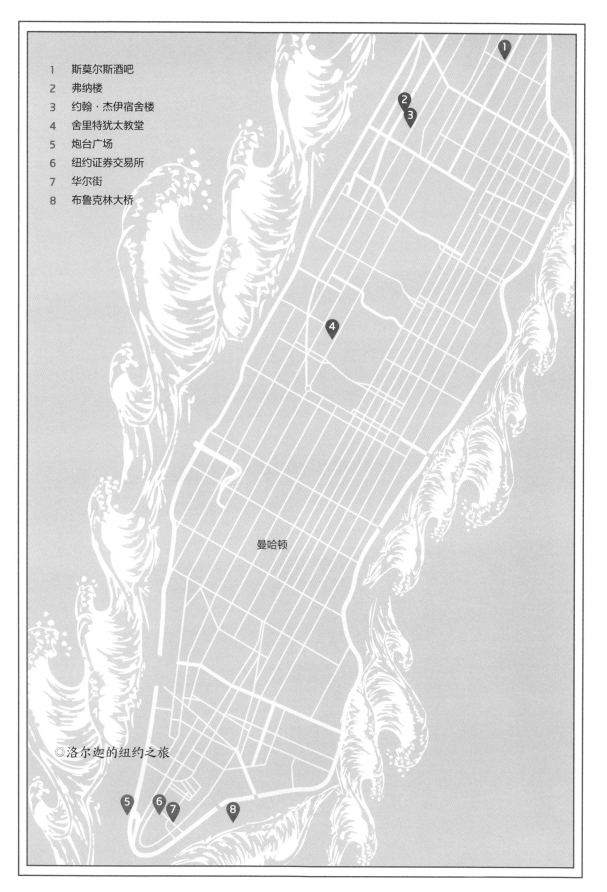

1　斯莫尔斯酒吧
2　弗纳楼
3　约翰·杰伊宿舍楼
4　舍里特犹太教堂
5　炮台广场
6　纽约证券交易所
7　华尔街
8　布鲁克林大桥

曼哈顿

◎洛尔迦的纽约之旅

曲）》，从这些诗可以看出，城市丑恶的一面让他陶醉、兴奋又厌恶。纽约居民构成复杂，种族和宗教信仰不一，他的探究之心愈加炽热。他参加新教教堂的礼拜，朴素的装饰和沉闷的仪式让他更加热爱西班牙天主教的传统，这种传统陪伴了他的童年。中央公园西路和第70街路口拐角处有座西班牙犹太教堂，他发现那里的祷告和音乐更加悦耳。

洛尔迦在纽约认识了很多文学家，其中一位是诗人哈特·克莱恩。据说某天夜里，两人与醉酒的水手狂欢豪饮。洛尔迦还结交了小说家兼护士内拉·拉森，她的父亲是黑人，母亲是丹麦白人。拉森常带洛尔迦到哈莱姆非裔美国人教堂和夜店游玩。"斯莫尔斯酒吧"是当地最有名的爵士乐场所，位于第七大道2294号地下室，是他们定期碰头的大本营。洛尔迦在《哈莱姆王》中严厉谴责了美国黑人的困境、种族歧视和资本主义制度，这是他最早为纽约创作的诗歌之一。

一天晚上，洛尔迦在百老汇与英国故交坎贝尔·哈克福思－琼斯重逢，两人曾在西班牙有过交情。琼斯的父亲是伦敦股票经纪人，他的合伙人在华尔街有家公司，琼斯目前在这家公司实习历练。两人在纽约重逢后，洛尔迦晚上经常拜访琼斯及其妹妹菲莉丝在第70街附近

▼ 纽约，哈莱姆，斯莫尔斯　　▶ 纽约，帝国大厦远景照
　酒吧，1929年摄

租借的公寓，一起畅饮违禁的杜松子酒。琼斯还带洛尔迦参观纽约证券交易所，纸醉金迷的生活直接催生了诗作《死神舞》，此诗大肆抨击了华尔街的金融投机。

几个月后的10月29日，华尔街股市大崩溃，洛尔迦挤入证券交易所外疯狂的人群。他声称目睹了多名银行家从附近的摩天大厦跳楼自杀，直坠在他面前的街道上。

此前，洛尔迦接受了美国诗人菲利普·卡明斯一家的邀请，离开曼哈顿，前往他们的度假屋里过暑假。度假屋位于佛蒙特州青山山脉脚下的伊登湖畔，静谧的环境和大自然的气息有助于放松纽约带来的紧张。在佛蒙特州住了十天后，洛尔迦前往卡茨基尔山脉的尚代肯 ❶ 附近，与德尔·里奥及其妻子阿梅莉亚相聚，入住他们在布什内尔斯维尔村的农场小屋。离

---

❶　纽约州的一个小镇。——译者注

开纽约期间，洛尔迦相继创作了《伊登梅尔的诗篇》和《在农场的茅舍里》等诗作。

9月21日，洛尔迦回到纽约，搬进哥伦比亚大学中心区的约翰·杰伊宿舍楼1231室，这是他在纽约已知的最后一个住处，《诗人在纽约》中许多诗篇就诞生于此。不久，古巴西班牙文化学会邀请他次年春天到哈瓦那讲学，这对洛尔迦来说是个好消息，因为他非常想家。爱尔兰传记作家伊恩·吉布森认为，曼哈顿让洛尔迦"体会到自己多么热爱故乡"。1930年3月4日，洛尔迦乘火车离开纽约，到达佛罗里达州坦帕市，登上一艘前往古巴的汽船。一位当代评论家敏锐地评论道，可以说，洛尔迦"比以往任何时候都更热爱西班牙、热爱安达卢西亚、热爱格拉纳达"。

▼　美国，佛蒙特州，伊登湖

凯瑟琳·曼斯菲尔德：

·············· 德国水疗觅文思

德国小镇巴特沃里斯霍芬（以下简称"沃里斯霍芬"）是位于拜恩阿尔卑斯山脚的温泉胜地。游客会发现，在当地温泉公园的冰山池旁，伫立着一座新西兰作家凯瑟琳·曼斯菲尔德（1888—1923）的雕像。凯瑟琳是来此地接受水疗的著名游客，水疗法源自当地天主教牧师塞巴斯蒂安·克奈普的设想，并由他推向了更多人，主要指用冰水冲洗淋浴。当时，沃里斯霍芬约有3000名常住人口，每年多达9000余名游客来访，其中大部分借治病之名来享受温泉。他们一边接受克奈普水疗，一边欣赏宁静壮丽的阿尔卑斯山风景。

从某种程度上说，沃里斯霍芬能给予凯瑟琳此等殊荣，实属意料之外，毕竟她在1911年12月出版的首部短篇小说集《在德国公寓里》中，对当地居民极尽尖酸刻薄之词。她的第二任丈夫约翰·米德尔顿·默里透露，一战期间，她认为自己对德国民风和饮食习惯的讥讽未免出于年少轻狂的心性，容易被英国沙文主义分子利用煽动民族仇恨，所以拒绝再版。

《在德国公寓里》虽然青涩，却标志着一位杰出的现代主义作家横空出世。从着手创作到获准出版，凯瑟琳一路疾病缠身，祸患不断，饱尝失恋之苦和精神折磨。尽管她的传记作者能大致推断个中故事，有些情况仍难以下定论。此外，凯瑟琳几乎销毁了该时期所有信件和1909年至1912年间的"大量诉苦日记"，诸多真相细节已湮灭不闻。

凯瑟琳在新西兰长大，在伦敦念过书，是个自由洒脱、性观念开放的年轻女子，对男人女人都感兴趣。1908年回到伦敦后，她爱上了小提琴家加尼特·特罗韦尔，之前对其双胞胎兄弟也有过好感。她一度搬进加尼特家，奈何加尼特父母反对，与她发生激烈争执，没过多久，怀有三个月身孕的她就搬了出来。单身多年的声乐教师乔治·鲍登向她求婚，凯瑟琳一口答应，然而新婚第二天早晨，她就背弃鸳盟，不辞而别。她还是放不下加尼特，为了挽回这段感情，她前往利物浦陪他跟着歌剧团巡演。羁旅近一个月，凯瑟琳终于明白已行至水穷处，于是前往比利时布鲁日市短暂休憩，并重新思索自己的决定。

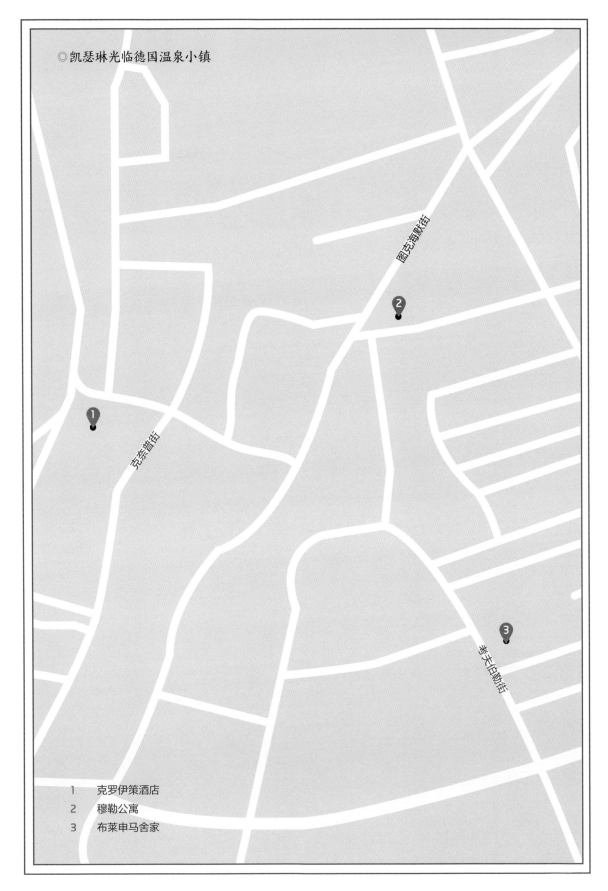

◎凯瑟琳光临德国温泉小镇

图克海默街

克奈普街

考夫伯勒街

1 克罗伊策酒店
2 穆勒公寓
3 布莱申马舍家

不久，流言蜚语就传到了凯瑟琳母亲安妮·比彻姆耳中，人们都在说她女儿闪婚失败，出轨加尼特，还与伦敦的大学同学艾达·贝克交往甚密，已超出闺中密友的关系。比彻姆从新西兰启程前往英国，1909年5月27日抵达伦敦，当面质问女儿。比彻姆鼓励迷途的女儿前往德国，这么做的原因众说纷纭，有的传记作家怀疑她不知道女儿怀孕，有的则认为她故意让女儿去欧洲生下私生子并找人收养，以免英国或新西兰上流社会说长道短，第二种说法也许更加可信。不管怎样，6月4日，凯瑟琳到达沃里斯霍芬，下榻克奈普街上的"克罗伊策酒店"。大约一个星期后，她搬到图克海默街上便宜的穆勒公寓，住了将近两个月。后来，凯瑟琳多篇小说里的德国公寓均以穆勒公寓为原型。

美国传记作家杰弗里·迈耶斯写道，凯瑟琳进行水疗时，曾到附近的森林里赤脚行走，回来后得了重感冒。母亲早已返回新西兰，凯瑟琳无人照料，孤苦伶仃，疗养期间的辛酸化作笔下尖刻的语言。后来，她在罗莎·尼奇太太家中找到稍暖的住处，尼奇太太在卡西诺路的邮局外经营着一家租书店。一天，凯瑟琳抬箱子用力过猛导致流产。9月下旬，她搬到考夫伯勒街上的约翰·布莱申马舍家，次年1月离开德国，这家人的姓氏在她的小说《布莱申

◀ 德国，拜恩州，下阿尔高阿尔卑斯山

马舍太太赴婚礼》中流传了下来。

回到伦敦，为了与鲍登重修旧好，凯瑟琳搬到他在玛丽勒本[1]"格洛斯特酒店"的单身公寓，但只住了两个月。鲍登对她在沃里斯霍芬写的小说印象深刻，建议她寄给新创办的前卫杂志《新时代》。主编艾·理·奥瑞奇收到《疲倦的孩子》后，立即同意刊载。小说于1910年2月23日发表，截至8月，凯瑟琳的另外九篇小说也陆续见刊。六个月后，凯瑟琳因《在德国公寓里》在伦敦文坛声名鹊起，小说出版后不久，她被引荐给约翰·米德尔顿·默里。默里是前卫杂志《韵律》的主编，同意发表凯瑟琳的作品。两人关系迅速升温，默里相继成为凯瑟琳的房客、恋人乃至丈夫。凯瑟琳34岁时，肺结核夺去了她的生命，令人唏嘘。她一生短暂，成就却丝毫不亚于享寿耄耋的作家。

---

❶ 伦敦西区威斯敏斯特市的一个富人区、文艺人士聚集地，大致横跨今威斯敏斯特市、肯辛顿-切尔西区和卡姆登区，是伦敦的商业娱乐中心、世界闻名的戏剧中心。——译者注

◀ 德国，沃里斯霍芬，塞巴斯蒂安·克奈普住宅，约1890年绘

▶ 克奈普水疗法示范图

KNEIPP CURE.

Fig.1. The Knee-jet.

Fig.2. The Head-affusion.

Fig.3. Walking barefoot in wet grass.

赫尔曼·梅尔维尔：

∶∷∷∷∷∷∷航海大冒险

D.H. 劳伦斯评价赫尔曼·梅尔维尔（1819—1891）说："他不太像陆地生物。"赫尔曼的作品一度遭到尘封和冷遇，蒙尘数十年，终于得到20世纪初最负盛名的两位作家和评论家D.H. 劳伦斯和弗吉尼亚·伍尔夫的青睐。

赫尔曼出生于纽约的英荷裔名门，家庭条件优渥，从未想过日后的命运会如此跌宕起伏。他的父亲艾伦是高档品进口商，收入颇丰，生活安逸，住在百老汇675号一幢带精美花园的大宅子，地处曼哈顿名流云集的"邦德街"，当时家里聘请了一位家庭女教师专门负责孩子们的教育。赫尔曼的父亲常常要跨越大西洋，从欧洲供应商和制造商手里进货。他经常给年幼的赫尔曼讲述出海经历，重温在巴黎、波尔多、伦敦、利物浦和爱丁堡等地的见闻。他书房架子上摆满了法语书、游记和旅游指南，有关遥远国度的奇闻和插画让赫尔曼浮想联翩。日后赫尔曼亲身前往旧大陆 ❶ 时，已不再是富

商大贾，而只是普通的水手，一个未经训练的"伙计"。

赫尔曼11岁时，父亲宣告破产，举家迁往奥尔巴尼 ❷，外祖父母等亲属都住在那里。不到两年，父亲离世，母亲玛丽亚一人承担巨额债务，还要抚养八个孩子，养家的重担落到赫尔曼和哥哥甘斯沃尔特上。赫尔曼在纽约一家银行做了两年实习职员后，在马萨诸塞州皮茨菲尔德市给叔叔的农场帮忙，之后进入甘斯沃尔特的皮革公司工作。1837年华尔街股市大萧条时期，甘斯沃尔特破产。赫尔曼改做乡村教员，他很不喜欢这份职业，转而进修工程学。还差两个月就满二十岁的时候，赫尔曼怎么都找不到工作，一筹莫展之际，萌生了出海的念头。

赫尔曼加入了"圣劳伦斯号"，他年纪尚小，缺乏航海经验，只能干最粗重的活。这艘三桅横帆船由奥利弗·P. 布朗船长指挥，目

---

❶ 与新大陆相对，特指欧洲、亚洲和非洲。——译者注

❷ 美国纽约州首府。——译者注

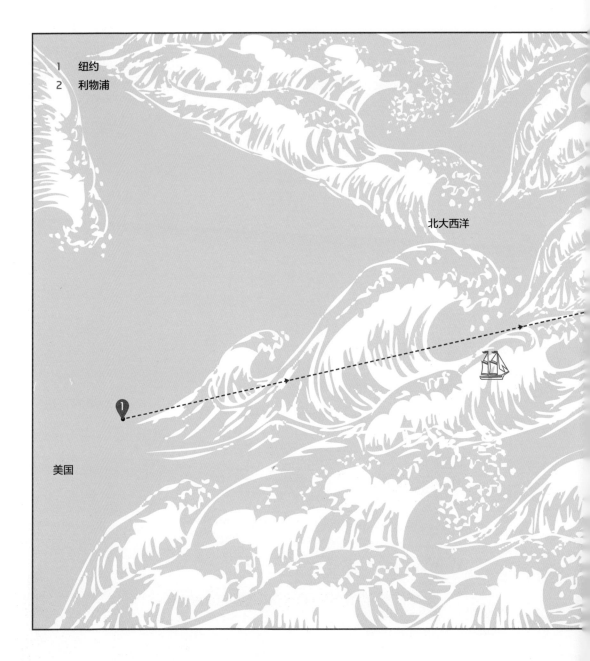

1 纽约
2 利物浦

北大西洋

美国

◄ 上一页：英国，利物浦码头顶，利物大厦

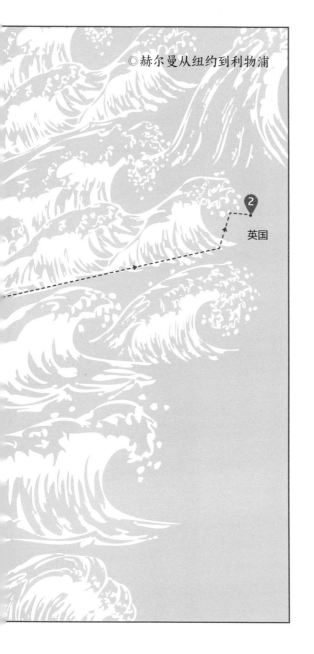

◎赫尔曼从纽约到利物浦

② 英国

的地是英国利物浦。准备启航时，纽约风雨交加，整整持续了三天，耽误了行程。赫尔曼痴迷于拜伦勋爵的诗歌，当时他开始创作的少年文学也深受其影响。也许正因如此，赫尔曼对远洋冒险充满不切实际的幻想，不过这次延误或许给他来了个下马威。1837年6月5日星期三，"圣劳伦斯号"载着920捆棉花和少许乘客，从纽约14号码头启航。船员名单上记载有"郝尔曼·梅尔维尔；19岁；身高174厘米；肤色，白；头发褐色"。或许是因为赫尔曼字迹潦草，乘务长才抄错了名字。

"圣劳伦斯号"要航行27天才能到达英国默西河，最终在利物浦王子码头靠岸。赫尔曼深刻体会到海上生活的严酷。作为"伙计"，他要干各种杂活儿，擦洗甲板、保养桅杆、收卷索具、开合船帆等。他必须快速记住各类绳索的名字及用途，学会打好一连串复杂的结。他还要负责值班，清理船上的猪圈和鸡笼。

他通过优异的表现回应了对其能力的质疑，并颇为自得。船员大多言行粗鲁，手脚麻利，而赫尔曼对航海一窍不通，书生气重，难改中产阶级做派，显得很不合群，遭到伙伴无情的嘲笑。

有传记作家发现，赫尔曼的第三部小说《玛迪》似乎映射了自己在"圣劳伦斯号"的处境：

"置身海上，每个人的天性便暴露无遗。论探究人性，没有哪所学校比得上海船。每天待在同一条船上，低头不见抬头见，这种频繁的密切接触根本掩饰不了什么。每个人的性格自然流露，该怎样就怎样，自然得就像水手们身上松垂的裤子，硬要装模做样加以掩饰是白费工夫。隐姓埋名呢？听起来不错，但实际上不可能做到。就说我自己吧，我所搭乘过的船上，人人都认为我有某种上流社会的气质。其实根本不是那么回事。让我赶紧解释一下，我可不是那种一闻到柏油味就会呕吐的家伙，也不是那种穿着双排扣大衣爬上缆索的作戏之人。事实上我最适合干水手这一行，而且我尝试过各种职业，我晒黑的胸膛和粗糙的双手决不输于他们中最棒的水手。我的同伴们从未笑话过我干活时扭捏作态或动作拖泥带水，尽管那都是一些辛苦的工作，比如在狼嚎般的狂风中爬上主桅或斜帆桁的顶端。

那么，我为何还要自寻烦恼呢？为这事煞费苦心真是荒唐透顶。不就是因为我的嘴里偶尔会冒出几个复杂的词语吗？抑或是在用餐时，我的姿态有点儿莫名的优雅吗？要么就是很久以前，我不经意间谈论过一些纯文学的东西？或者其他微不足道的小事，流露出我身上某种掩蔽不住的气质？" ❶

《玛迪》口碑不佳，赫尔曼文学生涯第一次受挫。他只好走笔疾书，赶快推出《雷德

❶ 参见《玛迪》，赫尔曼·梅尔维尔著，于建华、季小明、仇湘云译，文化艺术出版社2006年出版，第12页。略有改动。——译者注

伯恩》和《白外套》两部航海小说。说来讽刺，相比过于哲理化、情节复杂的《玛迪》，另外两部小说平铺直叙，框架老套，情节简单，读来不费工夫，却更受读者欢迎。不过后两部小说一直不受赫尔曼待见，他在一封信中写道，它们"只是工作，都是为了谋生，不得已而为之，和别人伐木赚钱没什么两样"。话说回来，如果没有这两部简单的速成小说，可能就不会有《白鲸》。正是这两部小说的畅销，让出版商看到了赫尔曼的商业价值，赫尔曼才得以讲述亚哈船长疯狂追捕咬断他一条腿的白鲸的故事。《雷德伯恩》用时十周写完，副标题是《他的首次航行——水手见习录暨绅商之子回忆录》。在《雷德伯恩》中，赫尔曼巧妙化用了"圣劳伦斯号"上的经历，就像查尔斯·狄更斯笔下的大卫·科波菲尔一样，赫尔曼笔下的见习水手韦灵伯勒·雷德伯恩的经历也源于作者本人，譬如雷德伯恩失去了游历甚广、喜欢藏书、经历破产的父亲。

"圣劳伦斯号"准备在8月13日离开利物浦。船员准备返程之余，也颇有闲暇，到市里探访。赫尔曼第一次游历美国以外的地方，尽管囊中羞涩，无法尽情游览，仍然借此良机好好游玩了一番。利物浦刚成为英格兰第二大港口，依靠奴隶贸易赚足了财富，运河也延伸至兰开夏郡各大工业城镇，发展的速度令人咂舌。政府官员腰缠万贯，财运亨通，心花怒放。但码头贫民窟居民贫困潦倒，缺衣少食。赫尔曼大为震惊，将利物浦描绘成当代罪恶之都。

恶劣的天气再次影响"圣劳伦斯号"出行，西向的回程耗时47天。1839年9月30日，思乡的赫尔曼才回到纽约。航海经历改变了他，但他没有比离开时更富有，家境也没有好转。当了一段时间的教师后，他前往马萨诸塞州的"捕鲸城"新贝德福德。1841年1月，他乘坐"阿库斯奈特号"前往太平洋。翌年，他在波利尼西亚❶的马克萨斯群岛弃船而去，一路换乘船只，从波利尼西亚塔希提岛漂泊到夏威夷，做过捕鲸船鱼叉手，参加过水手哗变，经历丰富。1844年，他进入美国海军服役，坐上了回家的海船。

他的探险故事反响热烈，赫尔曼受到鼓舞，把航海冒险写成小说《泰比》，1846年由伦敦约翰·默里公司（曾出版拜伦的作品）在英国首版。像拜伦一样，赫尔曼一夜成名，可惜在他有生之年，辉煌不过是昙花一现，令人扼腕。

---

❶　南太平洋法属领土，拥有多个岛屿。——译者注

▼　英国利物浦王子码头，1840年木刻版画

亚历山大·普希金：

┈┈┈┈┈┈ 探胜高加索和克里米亚

古希腊哲学家柏拉图担忧市民受到不良诗歌的蛊惑，在《理想国》中宣布要将诗人逐出理想之城。亚历山大·普希金（1799—1837）是俄罗斯最负盛名的诗人之一，其诗作《自由颂》在1825年被十二月党人[1]广为援引后，当局认为他严重威胁国家安全。他因政治诗遭到多次流放和政府审查，不止一次险些入狱，被处极刑。普希金的例子算是印证了柏拉图的观点。

在皇村学校就读期间，14岁的普希金就发表了第一首诗歌，毕业后他就职于外交部，六年后因诗作被当局所恶。因在诗作中公然嘲讽沙皇亚历山大一世，抨击农奴制，20岁的普希金进入圣彼得堡警方的视线。好在有几位宫廷诗人朋友说情，他才幸免死刑或流放西伯利亚的命运。有人认为流放西伯利亚比死刑更残酷。

普希金承诺不再写政治诗后，被放逐到俄罗斯南部的第聂伯罗（时称叶卡捷琳诺斯拉夫，今乌克兰境内），在伊万·因佐夫将军总务府效力。当局希望经验丰富的因佐夫能调教才华横溢却任性妄为的普希金，帮助他树立正确的观念与美德。不久，因佐夫受命调驻摩尔多瓦首府基希讷乌（时称基什尼奥夫），出任比萨拉比亚总督。普希金也将前往基希讷乌度过三年，不过出发前，他还是短暂游历了高加索和克里米亚。他日后回忆，这是一生中最快乐的时光之一，对其后续文学作品产生了深远影响。

1820年5月初，普希金踏上南行之旅，从圣彼得堡前往第聂伯罗，前往他眼中"炙热的亚洲边陲"。一周后他抵达基辅，与好友尼古拉·拉耶夫斯基及其父亲畅谈一晚。尼古拉是年轻的轻骑兵，其父亲是功勋卓著的将军尼古拉·尼古拉耶维奇·拉耶夫斯基。将军准备携儿子和两个小女儿前往高加索与长子亚历山大

---

[1] 1825 年 12 月，一批贵族青年发动了俄国史上第一次试图推翻沙皇专制制度的武装起义。——译者注

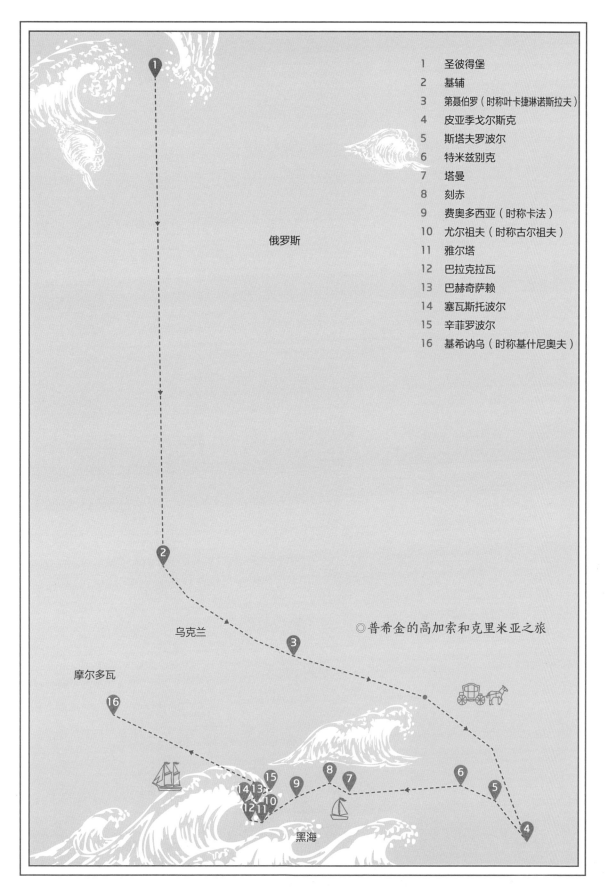

1　圣彼得堡
2　基辅
3　第聂伯罗（时称叶卡捷琳诺斯拉夫）
4　皮亚季戈尔斯克
5　斯塔夫罗波尔
6　特米兹别克
7　塔曼
8　刻赤
9　费奥多西亚（时称卡法）
10　尤尔祖夫（时称古尔祖夫）
11　雅尔塔
12　巴拉克拉瓦
13　巴赫奇萨赖
14　塞瓦斯托波尔
15　辛菲罗波尔
16　基希讷乌（时称基什尼奥夫）

俄罗斯

乌克兰

摩尔多瓦

◎普希金的高加索和克里米亚之旅

黑海

会合，当时亚历山大正在皮亚季戈尔斯克富产矿泉的马舒克山上。随后，他们和随从将转道克里米亚，与将军的妻子和两个大女儿一同游览。由于前半部分旅程会路过第聂伯罗，将军答应说服因佐夫让普希金同行。

翌日清晨，普希金独自上路，三天后到达第聂伯罗觐见因佐夫。新上司似乎对他印象不错，不过很快就忙着对接总督工作，无暇顾及新来的普希金。普希金无所事事，成日坐船、游泳、漫步河畔，但因水上运动过多导致受凉感冒。5月26日，拉耶夫斯基一家经过第聂伯罗，发现普希金独居在租住的茅舍，肮脏邋遢，胡子拉碴，浑身发热。为了普希金的身心健康，将军说服因佐夫让普希金跟他们去消夏，等秋天因佐夫搬到基希讷乌，普希金就过去效力。

5月28日，他们乘坐两辆大马车和一辆折叠篷小马车离开，途经塔甘罗格湾海岸时下车欣赏亚速海，6月6日抵达皮亚季戈尔斯克。

普希金结识了亚历山大·拉耶夫斯基。亚历山大只比他大四岁，从学诗歌于拜伦勋爵门下，魅力十足，长袖善舞，颇通权术，一度对普希金影响颇深。然而亚历山大表里不一，两人终于反目成仇。1824年，普希金创作《恶魔》一诗，毫不掩饰地讥讽了亚历山大尖酸刻薄的个性。

在皮亚季戈尔斯克，普希金等随行的成年人遵守严格流程进行养生浴，并频繁光顾附近的温泉。在致弟弟的一封信中，普希金称高加索的泉水"对身体健康大有益处，尤其是温热的硫磺矿泉水"。不过当地温泉设施和彼时其他温泉一样，还相当原始。普希金回忆："浴盆都设在仓促搭成的茅舍内。温泉大多……喷涌而出，蒸汽腾腾，顺着山坡四处流淌。"他们往往必须登上陡峭的石子路，沿着灌木丛生、不设护栏的峭壁攀缘，才能享受泉水。九年后他重访此地，发现温泉已经改造升级，虽然方便不少，但过于清洁有序，对他而言反而等于弄巧成拙。在他眼中，天然的景致、古朴的部落和原始的穆斯林生活，才是高加索最大的魅力所在。英国传记作家蒂莫西·约翰·比尼恩写道，这里异域风情浓厚，深深打动了年轻的普希金，"就像黎凡特之于拜伦，美国荒野之于费尼莫尔·库柏"。

普希金四处游荡，徒步或纵马于山间，探幽鞑靼村落。他最喜欢向当地村民打听故事传说，故事越离奇，他越喜欢。据说，他在一个村庄里遇到一名老兵，听他讲述被高加索盗匪俘虏的故事，为著名诗作《高加索的俘虏》提供了素材。

8月，一行人离开高加索，前往克里米亚。过了斯塔夫罗波尔，进入公认的危险地带，他们安排了60名哥萨克❶雇佣兵和一门大炮护行，

---

❶ 生活在东欧大草原的游牧民族，骁勇善战，骑术精湛。——译者注

◀ 乌克兰，克里米亚海岸线和黑海

随后取道特米兹别克，到达黑海沿岸的塔曼。继续通往刻赤的途中，他们遭遇了九小时骇人的风暴。刻赤是希腊古城潘提卡派翁所在地，因米特拉达梯六世在此自杀而闻名。普希金期待看到米特拉达梯六世之墓和潘提卡派翁遗址，不料"邻山墓地里只有一堆垒石和粗雕的岩石……还有几步台阶"，可能是"坟墓或塔的基座"。他采了一朵花，打算留作纪念，结果次日弄丢了，他"内心毫无波澜"。

他们从刻赤出发，到达费奥多西亚港（时称卡法），登上了将军安排的海军双桅横帆船，沿克里米亚南岸前往尤尔祖夫（时称古尔祖夫）。普希金在船上创作了浪漫主义哀歌，这是他为克里米亚作的第一首诗[1]。初见尤尔祖夫，五彩斑斓的山脉"闪闪发光"，鞑靼小屋"形似蜂箱"，杨树"宛如绿柱"，阿尤山巍然耸立，他的许多诗歌和散文都描绘了这里的景色。

到了尤尔祖夫，普希金海中畅游，饱食葡萄，参观查士丁尼一世在附近崖上建造的堡垒遗址。拉耶夫斯基一家租了一位知名法国流亡作家的房子。房子藏书丰富，伏尔泰、拜伦等人的作品应有尽有，普希金与尼古拉读得津津有味，普希金还得以博览法语版的拜伦散文。

欣赏克里米亚的绚丽风光，再经拜伦浪

---

[1] 即《白昼的巨星已经黯淡》。——译者注

漫主义诗歌的熏陶，普希金爱上了将军22岁的大女儿叶卡捷琳娜，但未得佳人垂青❶。他在历史悲剧《鲍里斯·戈都诺夫》中塑造了雄心勃勃的俄罗斯贵族女性玛丽娜·姆尼舍克，其原型公认是叶卡捷琳娜。

　　三周后，他们准备离开。出发前，普希金、将军和尼古拉再次出游，游览了雅尔塔和巴拉克拉瓦。在巴拉克拉瓦，他们参观了圣乔治修道院，这座基督教教堂状如洞穴，由希腊商人在菲奥伦特角凿石建成。圣乔治修道院和狄安娜神庙遗址给普希金留下了深刻印象。接着，他们驻足巴赫奇萨赖，探索16世纪克里米亚鞑靼可汗❷宫殿遗址。普希金参观了一泓岩壁剥落的喷泉，后作长诗《巴奇萨拉的喷泉》纪念。随后，他们取道塞瓦斯托波尔，最终抵达辛菲罗波尔。几天后，普希金前往基希讷乌就职。从此，南部风景、他称之为"南海岸"的地方，让他"不知何故，念念不忘"。

---

❶　普希金在诗作《唉！她为何还要闪现》中吐露了心中的苦恋和求而不得的情愫。——译者注
❷　即克里木汗国可汗。后文中喷泉即为可汗纪念早逝爱妃所砌。——译者注

◀　阿尤山，尼卡诺尔·切尔涅佐夫约
　　1836年绘
▲　亚历山大·尼古拉耶维奇·拉耶夫
　　斯基肖像，约1820年绘

J.K. 罗琳：

·········· 列车上的魔法灵感

一位失业的单身母亲，凭借一本看似无法出版的儿童读物，成为全球畅销书作家，这听起来有些不可思议。J.K. 罗琳（1965年生）创作了《哈利·波特》，从寂寂无闻到家喻户晓，她的经历仿佛被施了魔法，但这是她坚韧与勤勉的结果。作家获取灵感的方式何其多，但罗琳的脑海里第一次闪现少年魔法师的形象，竟是在一列单调沉闷的火车上，远不如《哈利·波特》里的霍格沃茨特快热闹。

1990年，罗琳在伦敦四处打零工糊口，大多从事文秘类的临时工作，曾经为出版社撰写和发送退稿信。她利用业余时间（甚至工作期间的闲暇），写了几部成年人小说。

当时她的男友住在英格兰西北部的曼彻斯特，每逢周末，罗琳会从尤斯顿车站坐地铁与他相会。但长期两地奔波也不是办法，男友建议罗琳在曼彻斯特找份工作，搬过去一起住。她接受了提议，相继入职曼彻斯特商会和曼彻斯特大学，不过又是没有成就感的文秘工作。罗琳搬家前，得先找好两人的住处。一个

周末，她去曼彻斯特挑房子，衣着光鲜的房产中介带她看了很多房子，没有一间合适，罗琳灰心丧气，精疲力竭，心烦意乱。她到皮卡迪利车站坐地铁回伦敦，回到克拉珀姆枢纽站附近一家体育用品店楼上的合租公寓。第二天清晨，她又将来到办公室开启一周的工作。

回程的列车严重延误，原本两个半小时的车程，却花了四个小时，罗琳的心情更加郁闷了。但事实证明，这次延误实在是一大幸事。她坐在车厢里等待列车开动，凝望着窗外吃草的奶牛，一个小男孩的形象突然浮现在脑海：绿色的眼睛戴着一副破损的圆眼镜。不一会儿，她想象小男孩哈利·波特乘坐火车前往一所魔法寄宿学校。罗琳文思泉涌，连忙翻包找笔，想记录下来，但包里没有笔，连眼线笔也没有，她又急又气。罗琳日后坦承，自己"过于腼腆，不敢向其他乘客借笔"。但她认为没有笔反倒是好事，可以在漫长旅途中继续放飞想象，天马行空。火车忽然开动，一路上摇摇晃晃，驶过柴郡、斯塔福德郡、北安普敦郡、白金汉郡

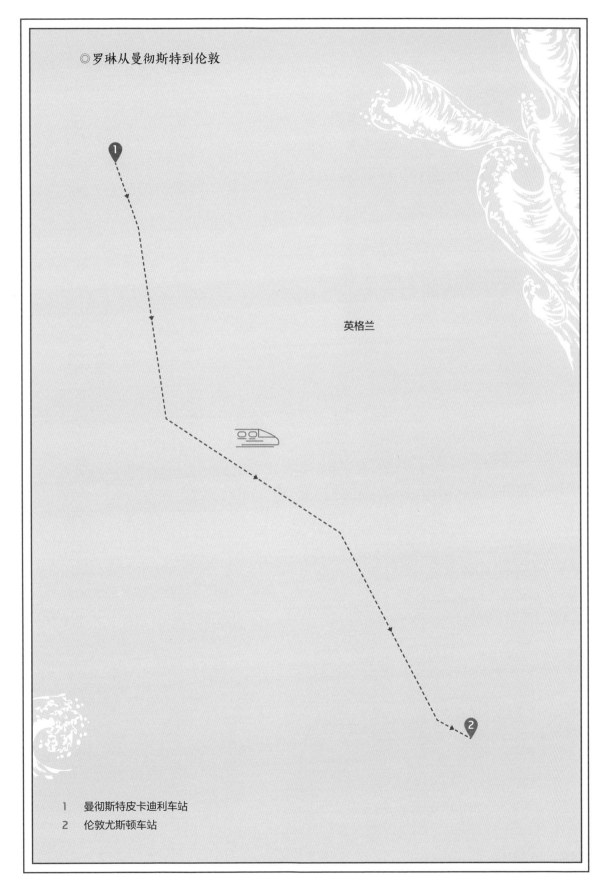

◎罗琳从曼彻斯特到伦敦

英格兰

1　曼彻斯特皮卡迪利车站
2　伦敦尤斯顿车站

和赫特福德郡。罗琳灵感迸发，构想出罗恩·韦斯莱、海格、皮皮鬼等角色以及霍格沃茨魔法学校。回到克拉珀姆，她才开始动笔。她说："霍格沃茨的第一块砖就是在那套公寓里砌好的。"

罗琳耗时五年完成了《哈利·波特与魔法石》，两年后出版发行。她笔耕不辍，心无旁骛，坚定不移，继续推出多部哈利·波特系列小说。眼看小说大获成功，她陆续完成了所有续集。杰作的续集撰写必然面临巨大的压力，一般的作家可能会选择放弃。

哈利·波特系列小说有一个深受读者喜爱的细节，即著名的国王十字车站9¾站台。它是霍格沃茨特快列车的起始站，灵感源自罗琳乘火车去曼彻斯特的经历。罗琳在2001年接受BBC采访时，承认把国王十字车站和尤斯顿车站弄混了。她告诉BBC："写9¾站台的时候，我正在曼彻斯特，错把站台写成尤斯顿车站的模样。实际上，如果去国王十字车站9号和10号站台的话，会发现与书里的描述不一样。说实话，我当时在曼彻斯特，没法去确认。"

▼ 在曼彻斯特附近乡间行进的客运列车　　　▶ 伦敦国王十字车站9¾站台

安托万·德·圣埃克苏佩里：

┈┈┈┈┈┈ 飞行比赛登头条

经典童话《小王子》的作者安托万·德·圣埃克苏佩里（1900—1944）是法国最早的一代飞行员之一，曾一度质疑法国《费加罗报》报道的"飞行比赛"。该赛事在法国飞行界又称"远程赛"，飞行时间长，危险系数高，驾驶员争分夺秒，力求打破历史飞行速度或距离纪录。然而参赛飞机多数不具备长途飞行的条件，甚至根本不适合起飞。圣埃克苏佩里认为这种竞赛不切实际，自己从事的邮政航空工作更为崇高，更具实际意义。1935年底，他经济窘迫，深陷婚姻泥沼，与妻子孔苏埃洛·桑辛·德桑多瓦尔发生激烈争吵。妻子是巴西萨尔瓦多籍作家、艺术家，热情奔放、性格暴躁。圣埃克苏佩里对妻子不忠，双方矛盾激化，情绪失控，无心工作。圣埃克苏佩里的朋友、同事让·梅尔莫兹和空军将领勒内·达韦特鼓励他参加法国航空部的飞行比赛，如果12月31日前打破巴黎飞往胡志明市（时称西贡）的速度纪录，就能获得15万法郎奖金。他毫不犹豫地报名参赛，但对比赛漫不经心，准备工作十分随意。截止日期即将来临，时间非常紧迫。

1927年，查尔斯·林德伯格首次不着陆飞越大西洋之前，用了好几个月备齐紧急救援装备；巴黎—西贡飞行速度纪录保持者安德烈·雅皮出发前，多次往返奥斯陆、奥兰[1] 和突尼斯试飞；圣埃克苏佩里却被妻子搅得心神不宁。距比赛结束仅剩两周，他寄厚望于高德隆－西蒙飞机。这种机型的发动机有180马力，比雅皮的飞机先进很多。他志在必得，不把98小时52分的纪录放在眼里，放言比雅皮快20个小时不在话下。圣埃克苏佩里请达韦特和蓝航公司[2] 的机械师检修飞机，自己置身事外，校正指南针读数和绘制地图的工作则交给同事让·卢卡。

本次飞行由安德烈·普雷沃担任副驾。普

---

❶ 北非国家阿尔及利亚的城市。——译者注
❷ 圣埃克苏佩里就职的邮政航空公司的名字。——译者注

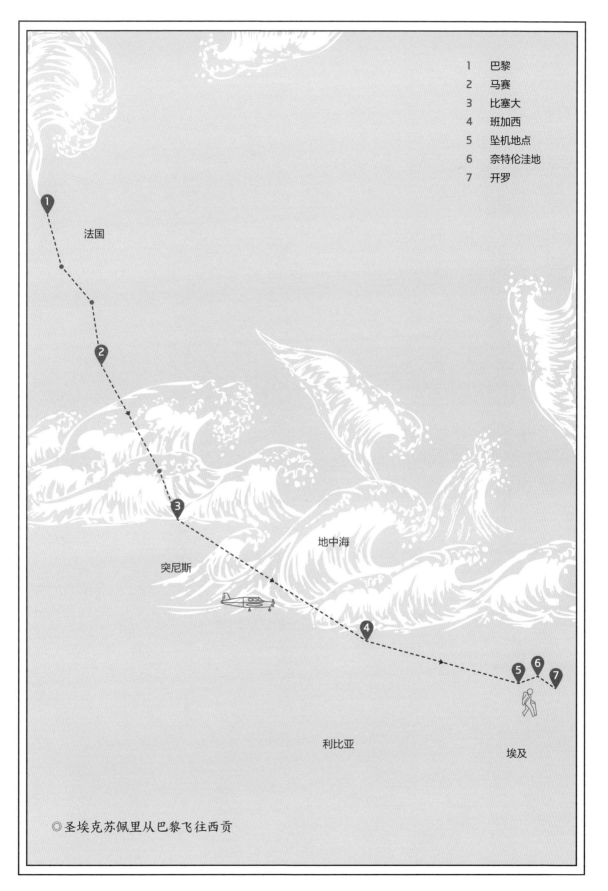

1　巴黎
2　马赛
3　比塞大
4　班加西
5　坠机地点
6　奈特伦洼地
7　开罗

法国

地中海

突尼斯

利比亚

埃及

◎圣埃克苏佩里从巴黎飞往西贡

雷沃曾是圣埃克苏佩里在蓝航公司的助手、机械师和领航员，是他十分信赖的搭档。他们在巴黎圣日耳曼-德佩区的"皇家桥酒店"筹备比赛。据说圣埃克苏佩里在酒店与妻子争吵不休，占用了一半备赛时间。

出发前一天，新闻预报天气阴沉。当晚，圣埃克苏佩里和普雷沃到蒙马特尔一家小餐馆参加饯别宴。餐后，圣埃克苏佩里找到一位算命师，预言前景不明朗。1935年12月29日，周日上午7:01，他们如期起飞。媒体争相报道，林德伯格式的跨州飞行故事依旧是大众关注的热点。巴黎《不妥协报》抢先与圣埃克苏佩里签订了合同，获得独家报道权。

为了减轻重量，他们选择多带燃料，放弃携带无线电，这个决定事关重大。12月30日清晨，圣埃克苏佩里迷航，无法确定位置，也无法求救。盲目驾驶几分钟后，他以为飞过了尼罗河，于是以每小时273千米的速度降落，结果重重地冲进了埃及荒漠中的一个沙丘。所幸两人都安全从驾驶舱里爬出来，飞机也没有爆炸，残骸里还能找到一点补给。圣埃克苏佩里后来用娴熟的法国贵族口吻轻描淡写地说道，当时的处境"不大理想"。

他们在开罗以西约201千米处坠落，完全不知身在何处。美国传记作家斯泰西·希夫断

▶ 埃及，锡瓦绿洲，大沙沙海

言，如果他们保持航线，很可能会打破雅皮的纪录，因为他们坠机时，比原计划整整快了两小时。不过这些都是后话了，比赛已经结束。他们口干舌燥，完全辨不清方向，在绵延起伏的沙丘上跋涉，寄望能走到开罗。沙漠漫无边际，阒无一人，幸好他们掉头往东北方向走，第四天终于碰到一支贝都因人 ❶ 商队。商队立即将他们送到了奈特伦洼地的拉科德夫妇家中。

几杯茶和威士忌下肚，两人才感觉活了过来。拉科德先生开车送他们去开罗，途中还

---

❶ 在沙漠荒原上过游牧生活的阿拉伯民族。——译者注

闹了一场笑话。汽车在离金字塔六千米处耗尽燃料，加完油后，一行人来到开罗城外约24千米处的吉萨，圣埃克苏佩里在一家酒吧致电法国政府报平安。官员接电话时已是午夜，听到电话那头醉汉喧哗，还以为是恶作剧。

到达开罗后，拉科德先生将两个飞行员送到"大陆酒店"门口，自己去停车。两人衣衫褴褛，晒得黝黑，粗鲁的门卫以为他们是乞丐，拒绝他们进入酒店。一场国际外科医生会议正于开罗举办，碰巧参会代表们吃完饭回来，留意到这边的动静。自1月1日以来，圣埃克苏佩里和普雷沃失踪的消息一直是新闻焦点，会议代表们一下就认出了他们，立即护送他们到达

◀ 1935年12月30日，圣埃克苏佩里的高
　德隆－西蒙飞机紧急降落埃及沙漠

▶ 法国巴黎勒布尔歇机场，普雷沃和圣埃
　克苏佩里飞往西贡前的合影，1935年
　12月29日摄

会场。两人受到热情接待，沐浴、用餐、饮用威士忌后，几位国际名医专门来检查他们伤痕累累的身体，排查是否存在后遗症。

　　1935年[1]1月2日深夜，圣埃克苏佩里致电巴黎"皇家桥酒店"，表示自己平安回归，酒店大厅爆发出欢呼声，庆祝活动一直持续到凌晨。

　　相比死里逃生的经历，圣埃克苏佩里诗意婉转的描绘更为传奇。他为《不妥协报》撰写了六篇文章，小幅修改后以《风沙星辰》为名结集出版，这本书成为他最负盛名的作品。

---

[1]　1930疑为原文时间笔误，他们是1935年底失踪的。原文：When Saint-Exupéry's call to say they were alive and well came through to the Hôtel Pont Royal in Paris, late on the evening of 2 January 1930, the whole lobby erupted in cheers and celebrations went on into the small hours.——译者注

萨姆·塞尔文：

⋯⋯⋯⋯⋯扬帆移民英伦

1948年6月22日，"帝国疾风号"抵达埃塞克斯郡蒂尔伯里港，这被视为二战后英国历史上的一个关键时刻，"帝国疾风号"本身也成为一代移民的代名词。20世纪50年代和60年代，英国鼓励英联邦国家移民定居，并填补国营服务的人员空缺，如英国国家医疗服务体系和伦敦交通局等。新移民从小就相信英国是他们的祖国，然而，他们到达后却频遭冷遇。有些人甚至还遭遇了可怕的种族偏见，找一份与自身教育背景或工作能力相称的体面工作或住所也殊为不易。

生于特立尼达❶的萨姆·塞尔文（1923—1994）就是移民中的一员。从阳光灿烂的加勒比海地区来到昏暗潮湿的英国首都，他很快发现，对于来自原英国殖民地的新移民来说，日不落帝国的首善之都可能是一个无情的苦寒之地。塞尔文的作品之所以刻画得细致入微，是因为他的亲眼所见、亲耳所闻和亲身所历。评

论家苏克德夫·桑杜曾指出："能将这些移民的生存情况跃然现于纸上者，舍萨姆·塞尔文不做第二人想。"这个评价可以说恰如其分。1956年，塞尔文出版了《孤独的伦敦人》，这也是加勒比文学界首部完全以克里奥尔语言文法和文风口吻创作的小说。此后20年间，塞尔文创作了优秀的故事和小说，描绘英国新兴黑人社区的苦难艰辛。1975年，他还与加勒比海裔英籍导演奥拉塞·奥韦合作，为首批英国西印度电影之一《压力》❷撰写剧本。

1923年，塞尔文出生在圣费尔南多的莫赖厄山路，圣费尔南多是特立尼达南部的一座边远小城。1940年，他应征加入英国皇家海军预备役，成为一名无线电报务员。在一位爱好读书的战友鼓励下，塞尔文开始在漫长枯燥的轮班休息时间创作短篇小说。二战后，他就职于西班牙港❸的《特立尼达卫报》，并于1946年至1950年期间，兼任《特立尼达卫报》副刊《卫

---

❶ 即西印度群岛的特立尼达岛，属于特立尼达和多巴哥共和国。——译者注

❷ 英国电影史上第一部黑人电影。——译者注

❸ 特立尼达和多巴哥共和国首都。——译者注

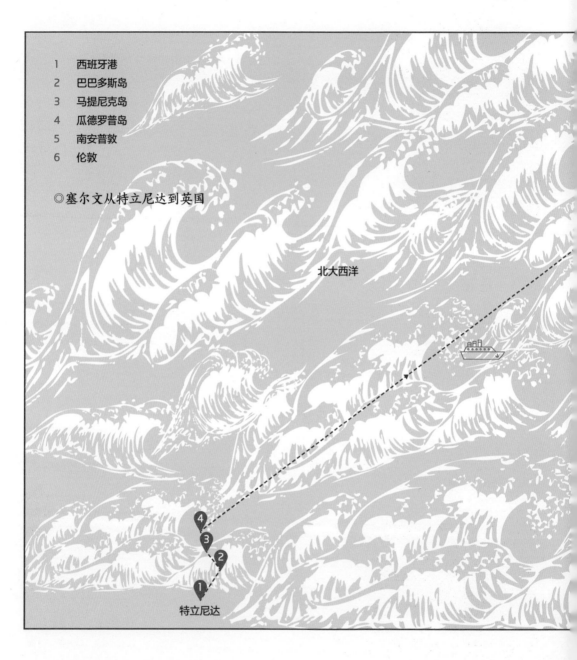

1 西班牙港
2 巴巴多斯岛
3 马提尼克岛
4 瓜德罗普岛
5 南安普敦
6 伦敦

◎塞尔文从特立尼达到英国

北大西洋

特立尼达

◀ 上一页：马提尼克岛

学期刊之一 Bim 上发表，并在 BBC 电台播出，BBC 也是当时少数积极发表非白人作家作品的机构之一。

塞尔文认为要实现自己的文学抱负，必须前往伦敦，于是在1950年3月中旬乘船出发。未料拉明也乘坐同一艘船前往英国；同年晚些时候，奈保尔获得牛津大学奖学金，也离开特立尼达，赴英国留学。

奈保尔的交通费由资助方英国文化教育协会❶支付。旅途颇为惬意，他搭乘泛美航空公司的航班飞往纽约，然后换乘轮船，专享只有他一个乘客的头等舱，前往大西洋彼岸的南安普敦。然而，奈保尔之所以能进头等舱，不过是因为乘务长没料到会有他这么一位"有色人种"乘客罢了。乘务长不敢让白人乘客与他同住，于是干脆把这位未来的诺贝尔文学奖得主升到了头等舱。

塞尔文和拉明坐的是法国运兵船，用时近一个月才到达英国。运兵船相当简陋，沿途经过巴巴多斯岛、马提尼克岛和瓜德罗普岛。只有富有的白人才能住单独隔间，塞尔文和拉明等西印度群岛移民混住在一间大舱室里，睡在双层铁床上。他们的船票价格为50英镑，在当时算一笔不小的数目了，相当于今天的1000英镑。

乘船期间，塞尔文完成了首部小说《更明亮的太阳》的初稿，故事以特立尼达为背景。他和拉明争相使用船上的帝国牌打字机写作。两人从乘客的交谈中受到鼓舞，很多西印度群

报周刊》的文学编辑。这段工作经历让他结识了一批崭露头角的年轻加勒比裔作家，包括德里克·沃尔科特、乔治·拉明和 V.S.奈保尔。塞尔文的小说也开始在西印度群岛最重要的文

❶ 英国促进文化、艺术、教育和英语语言交流的国际机构，成立于 1934 年。——译者注

岛的年轻人都想提升自己，有机会的话顺便赚多点钱。

两人与英国的首次亲密接触称不上顺利。拉明回忆，本欲饱览风景，然而海风凌厉，只得作罢。到达南安普敦时，他们猛然想起还没有订回程票。两人爬上开往伦敦滑铁卢车站的地铁，移民们唱着卡利普索乐曲❶，说着笑话，常年漂泊在外的游子为第一次来英国的西印度群岛人介绍本地风土人情，气氛热烈，宛若狂欢。

但令他们焦虑的事情还在后面：到达伦敦后，这些移民无处歇脚住宿。塞尔文和拉明还算走运，英国文化教育协会的工作人员将他们安置在南肯辛顿女王门花园的"巴尔莫勒尔

酒店"，这里也是大多数殖民地学生到伦敦的第一站。拉明回忆，他们挤在"一个事业不错的出版商办公室那么大的房间里"，和另一个来自非洲的新移民住在一起。

伦敦是一座世界性的大熔炉，塞尔文在这里找到了安身立命之业。起初，他发现仅靠写作很难谋生，于是在贝斯沃特做清洁工，在印度高级专员公署当职员，漂泊在西伦敦的穷困社区，辗转于破旧的公寓，长期生活在社会底层。他的小说充分体现了上述境遇，成功描绘了英国多元文化新生阶段的历史图景，勾画出加勒比海地区后殖民时期的社会群像，影响持久。

❶ 加勒比海地区的一种民间音乐，节奏明快，歌词押韵。——译者注

▲ 伦敦，威斯敏斯特桥的交通，1949年摄　▶ 英格兰南安普敦码头的西印度群岛移民，1956年摄

布莱姆·斯托克：

:::::::::::: 在惠特比构思《德古拉》

作家们常被问到灵感来自何处。这是一个公认的难题，很多作家听而生畏，因为三言两语无法说清。但是对于描写特兰西瓦尼亚 ❶ 吸血鬼的经典恐怖小说《德古拉》来说，最重要的灵感源泉莫过于噩梦 ❷。1890年3月14日，布莱姆·斯托克（1847—1912）做了一个噩梦，梦中有女妖咬人脖颈，老伯爵阴森可怖。醒来后他在日记本里草草记下梦境，希望日后能写成故事。

斯托克与奥斯卡·王尔德交情甚笃。1878年，斯托克放弃了在爱尔兰的公务员工作，来到伦敦，成为著名戏剧演员亨利·欧文"最为忠诚可信的仆从"。斯托克担任业务经理、勤杂工，为亨利跑腿儿办事，亨利自私自利、桀骜不驯、刻薄挑剔，他们经常在剧院通宵达旦地工作。读者早就注意到，两人与《德古拉》中的两位主人公——卖力的房地产经纪人乔纳森·哈克和会催眠术的吸血鬼德古拉——颇有相似之处。

1881年开始，斯托克就一直在创作奇幻冒险故事。一位文学家直言不讳地批评其作品"大多数都极为拙劣"。不过，1890年，那个噩梦悄然而至，他开始构思吸血鬼的故事。起初，他按照吸血鬼（vampire）一词的发音，抽象地将主角命名为万皮尔伯爵（Wampyr）。7月，斯托克随欧文完成了苏格兰戏剧巡演后，拖着疲惫不堪的身躯，前往北约克郡海岸的惠特比度假。这个风景如画的渔村比邻镇斯卡伯勒更为静谧，它被埃斯克河一分为二，房屋层层建立于东西两岸的悬崖上，中间有一座可容船只通过的旋转桥。

惠特比拥有繁华的新月街区（斯托克就住在皇家新月街6号维齐夫人经营的一家旅馆），此外还有古雅的渔村、忙碌的港口、阳光下的沙滩，很多地方可以一边小酌，一边观赏广阔的北海。小镇附近有一座11世纪的哥特式修道院遗址，赫然耸立于东崖之顶。这座修道院在更早的原址上修建而成，原修道院于公元867年为丹麦人摧毁。修道院遗址旁有一片墓地和古老的圣玛丽教堂，斯托克时代的一本旅游指南称圣玛丽教堂为"教堂之奇珍"，又称"教

---

❶ 罗马尼亚中西部地区。——译者注

❷ 实际上，很多人更认为灵感来源是亨利·欧文，除了文中对吸血鬼形象的描述与亨利·欧文相似之外，还有一件轶事可资佐证。斯托克宣称饱餐螃蟹后做了噩梦，引发灵感，而亨利·欧文的绰号就是"螃蟹"。——译者注

堂虽看上去破瓦颓垣，游客不要因此驻足不入，教堂内部更为破败，但无论如何都值得一看"。

斯托克极有可能凭着自己的印象，借《德古拉》中米娜·默里之口，称赞教堂庭院是"惠特比最好的地方，因为它就在小镇上方……小庭院径蜿蜒，路旁设有座椅，人们可终日闲坐"。其中的一把座椅和攀至东崖的199级台阶❶，将在小说的关键段落中出现。

众所周知，斯托克在惠特比逗留期间，曾不厌其烦地向水手打听沉船故事和航海传说。他可能就是在这里第一次听说了"德米特里号"的故事。"德米特里号"是一艘俄罗斯双桅纵帆船，于1885年在风暴中失事，搁浅在小镇下方的沙滩。也许他看到过弗兰克·梅多·萨克利夫拍摄的那张墨色照片，照片中轮船倾倒在沙滩上❷。这艘船后来成为小说中的"得墨忒耳号"，德古拉就乘着这艘船，满载着一箱箱的特兰西瓦尼亚泥土❸，从黑海驶往伦敦，在惠特比被冲上岸边，船员不见影踪，只有船长的尸体掌舵。航海日志里记述了他们的悲惨遭遇。这也是斯托克一贯的写作手法，通过书信体，如日志、信件、日记等来推动叙事，并增强悬念。航海日志的内容，关于"得墨忒耳号"失

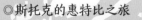

◎斯托克的惠特比之旅

1	埃斯克河西崖
2	惠特比沙滩
3	维齐夫人的旅馆
4	惠特比博物馆、会员图书馆兼温水浴场
5	圣玛丽教堂
6	惠特比修道院
7	埃斯克河东崖

---

❶ 椅子指的是主角之一露西最爱坐的那把座椅，199级台阶是德古拉回到居所的必经之路。——译者注
❷ 20世纪初，英国摄影艺术先驱弗兰克·梅多·萨克利夫在惠特比拍摄过一组著名的海滨生活场景照。——译者注
❸ 小说中，德古拉在特兰西瓦尼亚成为吸血鬼，如果不睡在装有故乡泥土的棺木里他就会死亡。——译者注

事的叙述，以及德古拉变成一条巨犬从船头跳上海岸、跑入庭院突然消失的故事，都是通过米娜·默里日记粘贴的剪报转述的。

《德古拉》的写作耗时六年，到1897年才出版。以斯托克的写作标准衡量，算得上精雕

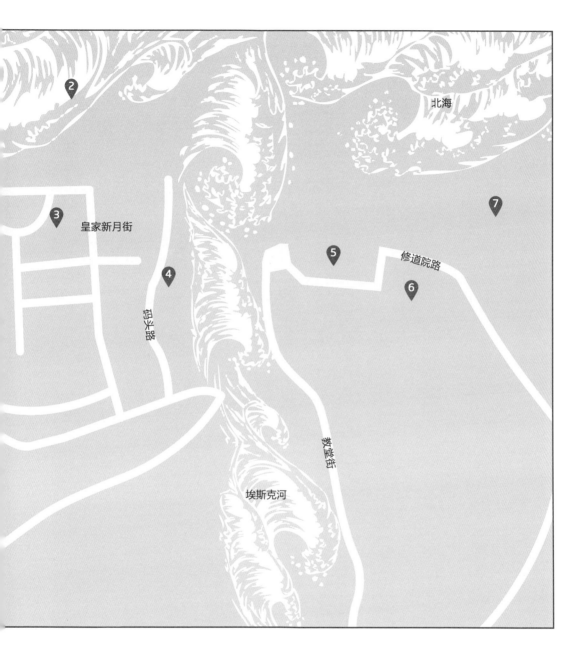

◀ 上一页：英格兰，惠特比

细琢了。该书的部分章节完成于苏格兰的克鲁登湾，19世纪90年代，斯托克曾与家人在那里度过了几个暑期。他的遗孀弗洛伦丝回忆称，正是在这个"偏僻孤独的苏格兰东海岸地区"，斯托克"构思小说好像走火入魔了"，"像一只巨大的蝙蝠，栖息在沙滩上……不断地思考"，一坐就是几个小时。

斯托克从未去过特兰西瓦尼亚。但惠特比激发了他的想象力，书中许多扣人心弦的章节以此为背景展开。作者也借此虚构了许多内容，尤其是书名和邪恶主角的名字。1890年8月，斯托克在惠特比码头尾咖啡馆发现了威廉·威尔金森的《瓦拉几亚公国和摩尔达维亚公国行纪》。码头尾咖啡馆不仅仅是咖啡馆，也是博物馆、会员图书馆，还可以享受温泉沐浴。他发现的这本书出版于1820年，作者系"已故的

英国驻布加勒斯特领事"，书中回忆了领事威廉·威尔金森在罗马尼亚的经历，记载了喀尔巴阡山脉的传说和风物等珍贵史料，也有不少篇幅描绘了当地糟糕的路况。

斯托克将书中大段内容都直接嫁接在惧怕日光的吸血鬼伯爵身上。最重要的是，正是在这本书中，斯托克了解到了14世纪可怕的瓦拉几亚大公弗拉德三世（又名弗拉德·特佩斯、穿刺大公弗拉德、德古拉）。据威尔金森记载，"德古拉在瓦拉几亚语中是魔鬼的意思"，他认为这个名字应属于"胆大妄为、残虐无道或狡猾诡诈的人"。因此，斯托克涂掉了《德古拉》手稿中的"万皮尔伯爵"，代之以"德古拉伯爵"，这一改动贴切精当，又极为明智。

◀ 夕阳下的惠特比修道院墓地

▼ 搁浅惠特比的俄罗斯双桅纵帆船"德米特里号"，1885年摄

西尔维娅·汤森·沃纳：

::::::::::::::: 栖居诗意的埃塞克斯湿地

意大利作家伊塔洛·卡尔维诺有言："地图往往最能激发旅行之幽思。"1922年夏天，西尔维娅·汤森·沃纳（1893—1978）买了一幅地图，这个举动改变了她的人生。看着地图，沃纳突然萌生了旅行的想法。她日后写道，7月的一天，为了"满足家需"，她来到怀特利百货公司的"折扣区"。百货公司离家不远，就在伦敦贝斯沃特女王路（今女王大道）附近。折扣区有一张桌子，摆着打折的书籍文具，沃纳喜欢到这里淘捡。偶然之间，她看到了一些地图，最后买下巴塞洛缪公司❶出版的埃塞克斯郡地图。她从未踏足埃塞克斯，图画中一处处绿色的湿地和蓝色的河流却让她一见如痴，古怪的地名也让她心弛神往。她的指尖循着目光，来到老什里尔、高伊斯特、威灵格尔斯佩恩、谢洛鲍威尔斯等村庄的位置，奇异的村名诗意盎然，散发着神秘气息，让她欣然自喜。

8月，一个法定假日的周末，沃纳决定前往埃塞克斯探访。她在芬乔奇街车站上了地铁，地铁上挤满了前往滨海绍森德❷度假的游客，伦敦的工人喜欢去那里消闲娱乐、沐浴阳光，到泰晤士河口附近吹吹海风。沃纳乘着地铁直达终点站舒伯里内斯❸，转乘巴士前往大韦克灵❹。然而，她不慎把地图落在了贝斯沃特，好在她还记得"大韦克灵位于绿色湿地，蓝色小河蜿蜒其间"。沃纳走进湿地，一条小河映入眼帘，对面是低矮的绿岸，这里水陆相间，刚柔合一，沃纳不禁心荡神驰。她回忆道：

"我伫立良久，看着河水缓缓流动，一匹老白马在对岸吃草。沿河而行，我天真地以为有路通往对岸，却发现河流是环形的，这才明白我看到的低矮绿岸竟是一座小岛。我叹为观止，驻足许久，任由思绪随水流漂荡。"

迷途之际，雷雨骤然而至，她害怕被雷击中。一位在附近牛棚躲雨的农民伸出援手，带她回家，让妻子给她穿上干爽的衣服，倒上几杯浓茶，准备丰盛的晚餐。送她离开前，

---

❶ 英国著名绘图师约翰·巴塞洛缪（John Bartholomew, 1805—1861）于1826年创立的制图公司。——译者注

❷ 埃塞克斯郡的一个城市。——译者注
❸ 位于滨海绍森德郊区。——译者注
❹ 埃塞克斯郡的一个村庄。——译者注

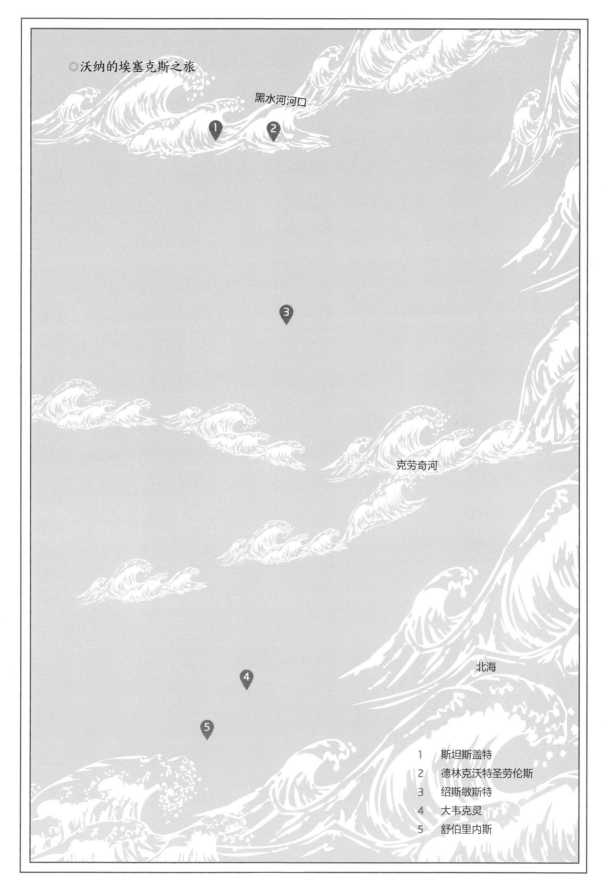

◎沃纳的埃塞克斯之旅

黑水河河口

克劳奇河

北海

1 斯坦斯盖特
2 德林克沃特圣劳伦斯
3 绍斯敏斯特
4 大韦克灵
5 舒伯里内斯

◀ 英国，埃塞克斯郡，黑水河河口。远处是奥西岛海岸线

又给她穿上女儿厚厚的羊毛灯笼裤，以免路上受冻。

沿途经历令沃纳念念不忘。她决定尽快重返埃塞克斯，找间小旅馆落脚，留出更多时间探索湿地和河口盐碱滩。这一次，她从利物浦街车站乘坐地铁，到达绍斯敏斯特[1]后，按照地图前往黑水河河口的斯坦斯盖特村。黑水河的湿地"颜色深沉，榆树成群，几棵杨柳点缀其间"，她再一次为瑰玮的景色叹服。她坐在通往河口的岸堤附近，惊奇发现"一艘小船穿梭于树木之间，仿若行于陆地之上"。她本以为能找到旅馆，可查阅地图后发现，附近根本没有旅馆。沃纳后来回忆称，一个小男孩建议她去寻访梅夫人，或许可以借宿一晚，梅夫人的农舍在德林克沃特圣劳伦斯村，沿路走800米左右就能到。不过男孩"机缘巧合地指错了路"。

梅夫人很乐意招待陌生来客，两人一见如故，意气相投。第二天早晨，沃纳在客房里醒来，房内硕大的白瓷盥洗台闪着"丝丝微光"，她立马冲到窗前，眺望埃塞克斯湿地，看着窗外的景色感到惊喜异常。笼罩一切的雾气慢慢散去，农场、外屋、花园和果园渐渐显露在眼前。沃纳立即下楼找到梅夫人，请求再留宿一晚。

想到能在湿地待上一整天，然后与和蔼可亲的梅夫人一家再度过一个晚上，沃纳精神

大振，带着她深信不疑的地图和法国诗人弗朗索瓦·维庸的《遗嘱集》出门。到达黑水河后，她坐在河口的草地上阅读诗集，偶尔抬头欣赏四周美景，恍然顿悟。正如她后来所述："我参悟其中玄秘，就在我日思夜想的地方，融入天地万物，热情澎湃地静默着。"

接下来一个月，沃纳一直借宿梅夫人家。埃塞克斯的一草一木都让她心醉神迷，此地的风土人情也让她意兴盎然，如当地独有的以"上帝特选子民"自居的小型清教教派[2]。沃纳

---

[2] 1838年创立于埃塞克斯郡的宗教团体，他们忠于传统的原基督教教义，信仰疾病只能通过祷告来治疗。——译者注

---

[1] 埃塞克斯郡的一个城镇。——译者注

▲ 戴维·加尼特　　▶ 英国黑水河和埃塞克斯湿地

还在这里"发掘了写诗的才能"。此前她曾涉猎剧本和小说创作，1916年2月在《布莱克伍德杂志》❶发表了处女作《火线背后》，文中讲述了她在伊里斯❷维克斯军工厂的经历。但埃塞克斯湿地唤醒了她的诗歌才情，并为她的作家之路打开了大门。

1922年冬天，她和初识不久的戴维·加尼特（又名"邦尼"）❸相约，在黑水河共度一天。1922年，加尼特凭借《太太变狐狸》获得詹姆斯·泰特·布莱克纪念奖❹，他还是布卢姆斯伯里派❺的领军人物，在大英博物馆拐角处附近的塔维顿街19号，和朋友共同经营着比勒尔&加尼特书店。初次见面时，沃纳兴奋地向加尼特描述埃塞克斯湿地美景，于是加尼特提议下个周日一起前往登奇半岛❻。加尼特起初觉得，"在灰暗的天空下，穿过灰蒙蒙的田野，走向一望无际的灰色地平线"，并不像沃纳描述的那般引人入胜。尽管如此，他渐渐发现沃纳没有说错，灰暗的湿地别有一番奇诡的忧郁情韵。

回伦敦的火车缓缓前行，寒气凛冽。沃纳全身溅满了泥浆，累得说不出话来，但她还是拿出几首诗作，请加尼特品读。加尼特一读之下，大为倾心，帮她把诗作交给查托&温都斯出版社❼的编辑查尔斯·普伦蒂斯。普伦蒂斯马上向沃纳要来更多诗作，并答应如期出版，还询问她有没有写过小说。沃纳交给他《巫女长成记》的初稿，书中讲述了一个老姑娘去寻找魔鬼撒旦的精彩故事，1926年，该书出版时引发了巨大轰动，如今依然是沃纳最负盛名之作。沃纳根据丘比特和普绪喀的爱情故事❽，创作了第二部小说《真心》，她充分借鉴在埃塞克斯的见闻，参照这片一见倾心的土地，虚构了书中的纽伊斯特农场。

---

❶ 发行于 1817 年至 1980 年的英国文学杂志，由出版商威廉·布莱克伍德（William Blackwood）创立。——译者注

❷ 伦敦东南部的一个地区。——译者注

❸ 英国作家和出版商（1892—1981），因童年有一件兔皮披风，获得绰号"邦尼"（意为兔子）。——译者注

❹ 英国历史最悠久的文学奖之一，由英国出版商詹姆斯·泰特·布莱克的遗孀于 1919 年创立，以纪念热爱优秀文学作品的丈夫。——译者注

❺ 英国 20 世纪初至 30 年代的文学团体，其成员常活动在今伦敦卡姆登区布卢姆斯伯里，故名。——译者注

❻ 埃塞克斯郡的一个半岛，位于黑水河以南，半岛东部湿地密布。——译者注

❼ 创立于 1855 年的英国出版社，1987 年被企鹅兰登书屋收购。——译者注

❽ 丘比特和普绪喀分别是罗马神话中的爱神和灵魂女神，他们彼此相爱，却遭到丘比特母亲维纳斯的阻挠，后来克服困难，终成眷属。——译者注

玛丽·沃斯通克拉夫特：

▪▪▪▪▪▪▪▪▪▪▪▪ 北欧之旅慰情伤

1795年6月下旬，玛丽·沃斯通克拉夫特（1759—1797）从英格兰赫尔[1]出发，前往瑞典戈森堡。就在一个月前，她曾试图结束自己的生命。作为《女权辩护》[2]的作者，她本是一位勇敢无畏的作家，为无良寡情的美国商人吉尔伯特·伊姆利所伤，才动了轻生的念头。她此次前往斯堪的纳维亚是代表伊姆利处理一桩生意，主要是磋商运输非法白银的失踪商船事宜。她之所以决定这样做，是因为觉得此后两人能够重归于好，但事实证明她有些一厢情愿。对伊姆利来说，玛丽此行除了有可能帮他弥补钱财上的损失，更残酷的目的是为了让这个大麻烦离自己远一些，落个清静。或许他自我宽解，在寒冷的北方过上一段时间没准能冷却她的激情，但他想错了。

于是，玛丽带着自己一岁大的孩子和法国女仆，去北欧谈一场不可能成功的生意。如果说今天的瑞典、挪威和丹麦等北欧国家高度重视性别平等，200年前的情形可就远没有如此乐观了。玛丽说道，甚至自己提出想一个人外出散步，都会让瑞典女性震惊不已、极力劝阻；在瑞典的一个寄宿家庭里，有一次她问了"男人的问题"，受到了家庭主人的婉言斥责。

玛丽出生于斯皮塔佛德，位于伦敦市以东的郊区[3]，当地居住着大量法国新教胡格诺派[4]移民，多以纺织为业，家境殷实。玛丽的祖父曾是一名纺织工，从事纺织品贸易，生意颇为兴旺。玛丽出生时，家境已十分富裕。不幸的是，她的父亲爱德华喜怒无常、性情多变、酗酒无度，将家产挥霍一空，到头来想做一个守成逍遥的农场主都不得遂愿。他们的家庭情况

---

[1] 全名"赫尔河畔金斯顿"，英格兰东部约克郡东区港口城市。——译者注

[2] 该著作全名为《女权辩护：关于政治和道德问题的批评》（*A Vindication of the Rights of Woman: with Strictures on Political and Moral Subjects*）。——译者注

[3] 今伦敦陶尔哈姆莱茨区内。

[4] 16—18世纪法国形成的新教教派，多数属加尔文宗。历史上曾多次遭受迫害，1802年才得到国家的正式承认。——译者注

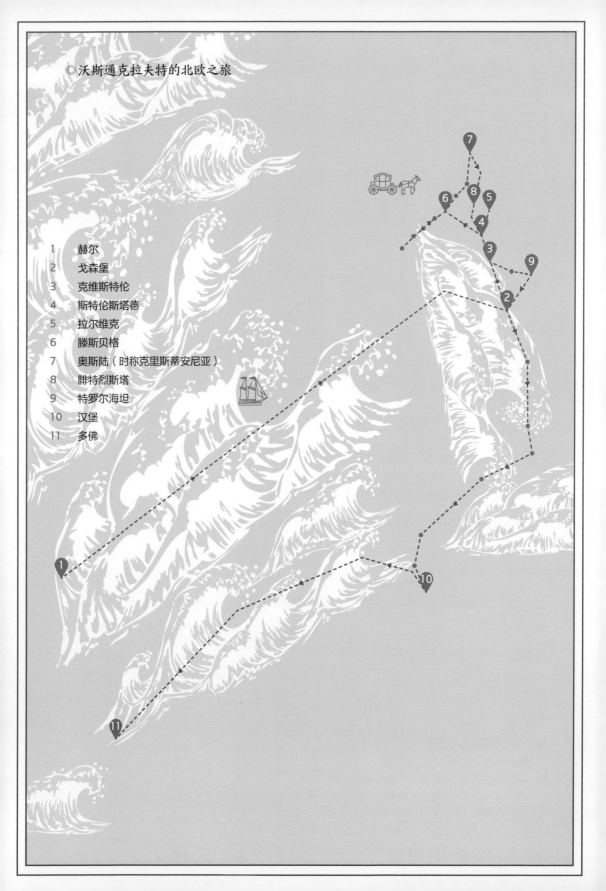

◎沃斯通克拉夫特的北欧之旅

1　赫尔
2　戈森堡
3　克维斯特伦
4　斯特伦斯塔德
5　拉尔维克
6　滕斯贝格
7　奥斯陆（时称克里斯蒂安尼亚）
8　腓特烈斯塔
9　特罗尔海坦
10　汉堡
11　多佛

每况愈下，开始举家搬迁，先是搬到了埃塞克斯郡巴金❶，接着又搬到约克郡东区贝弗利城郊的一个村庄。住在埃塞克斯时，爱德华曾将家人安排在埃平森林，以乡绅自居。在贝弗利上学时，玛丽深刻感受到了性别的不平等。她的哥哥和弟弟们可以在当地男子文法学校学习拉丁语、历史和数学，而她们三姐妹只能在附近的女子学校学习简单的算术和针线女红。

1783年，玛丽和朋友范妮·布拉德在伦敦纽因顿格林❷创建了一所进步教育走读女校。纽因顿格林还有座一神教派❸小教堂，玛丽常与其他非国教徒一起去做礼拜，也有人会到教堂集会，呼吁政治改革和废除奴隶制。两年后，玛丽出版了文坛处女作《女教论》，篇幅不长，共162页，主题为女性和教育。❹该书广受好评，于是出版商约瑟夫·约翰逊欣然请她审稿和翻译书籍，并出版了玛丽所有著作。约翰逊的帮助让玛丽可以放弃教书工作，成为以写作谋生的职业作家，这在当时对一名女性来说殊为不易。

玛丽和约翰逊都不想白白浪费上好的写作素材，因此斯堪的纳维亚之旅也成就了另一部作品——《瑞典、挪威和丹麦短居书简》。

---

❶ 今伦敦巴金 - 达格纳姆区内的一座小镇。——译者注
❷ 位于今伦敦哈克尼区与伊斯灵顿区之间。——译者注
❸ 又译"一位论派"等，主张上帝只有一位，反对"三位一体"之说，认为耶稣只是人而不是神。——译者注
❹ 玛丽在纽因顿格林的女校倒闭后，曾在爱尔兰一位贵族家中担任家庭教师，后因教育理念冲突被辞退。——译者注

该书出版于1796年，是玛丽最后一部作品，也是她最受好评、最为畅销的一本书。全书以她写给孩子匿名父亲伊姆利的25封私人书信组成，信中详细描绘了她的北欧之旅：沿瑞典海岸向北到达挪威，随后向南前往丹麦，接着去往德国汉堡，最后登船回到英格兰。书信之中，字里行间情真意切，间或直抒胸臆，读来令人动容。

到达戈森堡时，玛丽将女儿交给女仆照料数周，自己游历了瑞典的拉尔维克、克维斯特伦和斯特伦斯塔德，之后前往挪威奥斯陆（时称克里斯蒂安尼亚）。丹麦国王统治下的挪威公民享有的自由让她大为惊叹。7月底，玛丽在滕斯贝格市暂居了几天，那可能是她此次挪威之旅最为幸福的时光，每日散步、骑马、游泳，并应约翰逊之邀创作。她在这里的文学创作进一步象征了她对伊姆利的释怀，这里的新鲜空气和绚丽景色不啻为滋养身心的良药。

《瑞典、挪威和丹麦短居书简》堪称浪漫游记的写作范本。该书以第一人称视角，讲述了一位惨遭爱人抛弃的旅者，带着孤独落寞、忧郁哀伤的心情，遍游遥远险峻之地的故事。玛丽通过对崎岖山地的诗意描写，传达了游历时的情思。不仅如此，基于她对瑞典、挪威和丹麦人的观察，此书大量描绘了当地制度和习俗等社会风貌。

据说，玛丽对挪威腓特烈斯塔和瑞典特罗尔海坦两座城市里瀑布的描写，为塞缪尔·泰

勒·柯尔律治对上都 ❶ 神秘河流的诗意呈现提
供了部分灵感。她的女儿玛丽·雪莱 ❷ 将怪物
之父维克托·弗兰肯斯坦送去北极的想法，同
样被认为是借鉴了母亲对北欧冰原的描述。

　　玛丽·沃斯通克拉夫特最终与伊姆利恩断
义绝，获得解脱，并与社会哲学家、政治思想
家威廉·葛德文喜结连理。但就在生下玛丽·雪
莱后不到十天，沃斯通克拉夫特不幸去世 ❸，令
人扼腕痛惜。然而，葛德文曾断言："如果不
是机缘巧合，这样一本扣人心弦、深受读者喜
爱的旅行游记，或许永远无法得以出版。"这
或许代表了玛丽·沃斯通克拉夫特最后一部作
品拥趸的心声。

---

❶ "上都"系英国诗人柯尔律治（1772—1834）在长
诗《忽必烈汗》中描绘的梦中之城，并非真正的元上都
（今内蒙古正蓝旗上都镇）。柯氏诗作流传后，"上都"
成为世外桃源的代名词。——译者注
❷ 玛丽·雪莱是玛丽·沃斯通克拉夫特的二女
儿，也是英国诗人雪莱的夫人，代表作为《弗兰肯斯
坦》。——译者注
❸ 玛丽·沃斯通克拉夫特系产后热去世。——译者注

▼　　挪威，东阿格德尔郡，里瑟尔镇附近的峡湾

▶　　下一页：

　　　上图：奥斯陆（时称克里斯蒂安尼亚），约1800年木刻版画

　　　下图：瑞典戈森堡，约1800年木刻版画

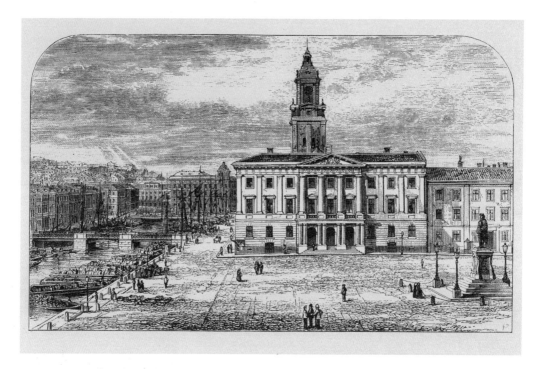

弗吉尼亚·伍尔夫：

┈┈┈┈┈┈ 追寻希腊梦

1939年，弗吉尼亚·伍尔夫（1882—1941）在自传体散文《往事札记》中写道，是哥哥让她"第一次知道了希腊人"；一天，哥哥索比·斯蒂芬（又名"戈思"）从希灵登 **❶** 预科学校回家，为她讲述了古希腊赫克托耳和特洛伊的故事。1897年，伍尔夫进入伦敦国王学院女子学院求学，在老师乔治·沃德的教导下学习古希腊语。此外伍尔夫还接受了五年的私塾教育，师从古典学者珍妮特·凯斯。凯斯的教导奠定了伍尔夫《论不懂希腊》的语言基础。

1906年9月，伍尔夫与姐姐瓦妮莎、好友维奥莱特·迪金森 **❷** 第一次去希腊旅行。维奥莱特比伍尔夫年长十几岁，是他们家姐妹非常亲密的朋友。哥哥索比和幼弟阿德里安已提前出发，两行人相约在希腊奥林匹亚碰面。出发前，伍尔夫做了充足的准备，她仔细研读了地图和旅行指南，探究她一直钻研和悬想的古希腊，在地理位置上究竟与曾被奥斯曼帝国统治几个世纪的现代希腊有怎样的联系。

伍尔夫、瓦妮莎和维奥莱特先是乘火车来到意大利布林迪西，然后乘船前往希腊帕特雷，在那里登上一列慢腾腾的火车，驶向奥林匹亚。火车站竟能和普拉克西特列斯 **❸** 创作的赫耳墨斯雕像同处一区，伍尔夫越想越觉得震撼。

传记作家赫米奥娜·李曾明确指出，伍尔夫不太看得上现代希腊。她离开奥林匹亚后，首先到的是科林斯，旅馆床上臭虫成群，街上乞丐成堆，伍尔夫颇为不悦。赫米奥娜写道，伍尔夫曾点评雅典之现代和"不谙古希腊语"的现代雅典人"一点都不雅典"。她在其他书中和日记里也坚持认为，"肤浅脆弱"的现代希腊，即使为粗粝的古希腊碎片轻轻一击，也会分崩离析。

不过，雅典仍有庄严肃穆之地，街巷窄狭，让伍尔夫想起了英国康沃尔郡的圣艾夫斯，那里承载了她大部分的童年记忆。去雅典

---

❶ 今伦敦希灵登区内。——译者注
❷ 实际上，维奥莱特是伍尔夫的同性爱人，这段恋情在伍尔夫小说《达洛维夫人》中有所体现。——译者注

❸ 古希腊伟大的雕塑家，生卒年月不详，其作品主要创作于公元前370年至公元前330年。——译者注

之前，她在信中提到，希望有朝一日穿越欧洲，攀爬到雅典卫城之巅，这里也的确没让她失望。伍尔夫1922年出版的《雅各的房间》中部分故事就设定在希腊。描述希腊的景象时，她感念畴昔，提笔写道："日落时分，站在帕特农神庙前，眼前景色一览无余，晚霞绚丽，犹如粉色羽毛飘在空中，平原广阔、五彩缤纷，褐色岩石奔来眼底，伊米托斯山、彭特利库斯山和吕卡贝多斯山竦峙一侧，与海相望，让人不禁感畏自然。"

伍尔夫希腊之旅中的几件事情都在她1915年的小说处女作《远航》中有所体现，比如骑骡攀登彭特利库斯山。不过，本书假托为几个英国乘客从伦敦到南美圣玛丽娜岛航行的故事。

伍尔夫的历史遗迹之旅继续向前。她游历了纳夫普利翁的埃莱夫西纳、纳夫普利奥的堡垒、埃皮达鲁斯的圆形剧场、迈锡尼的大陵墓和梯林斯的"荷马宫殿"。"荷马宫殿，"她评价道，"就像一座史前的英国城堡。"在埃维亚岛的阿赫梅塔加，她看到了考古学家在遗址上工作。一行人从埃维亚岛乘船，穿过达达尼尔海峡到达伊斯坦布尔（时称君士坦丁堡），夜

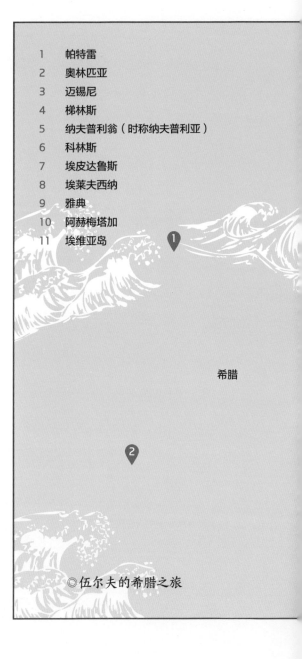

希腊

◎伍尔夫的希腊之旅

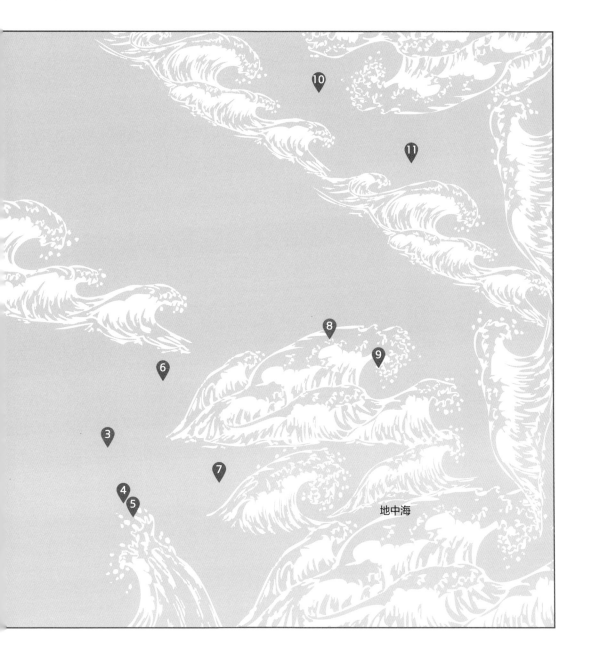

地中海

晚，他们看到教徒去圣索菲亚大教堂做礼拜。

在希腊的大部分时间里，瓦妮莎都在生病。她在航行途中突发阑尾炎，只得留在雅典的旅店房间里。维奥莱特留下来照料瓦妮莎，伍尔夫和其他人去远处探险。10月14日，索比出发返回伦敦。虽然瓦妮莎伤未痊愈，余下几人仍选择了一条悠闲自在的路线回家。他们从伊斯坦布尔搭乘东方快车前往比利时奥斯坦德，然后换乘渡轮驶向英格兰，于1906年11月1日抵达多佛。

然而，回到伦敦后，索比就发起了高烧，同时伴有腹泻。家庭医生最初诊断为疟疾，但病情不断恶化，最后才意识到是得了伤寒。起初预后效果良好，但11月17日手术后却每况愈下，三天后不幸去世，年仅26岁。

索比生前每周四晚上都会召集志同道合的朋友在家中聚会，称其为"布卢姆斯伯里文艺圈先驱"当之无愧。伍尔夫在她的作品中一再缅怀哥哥和他们的希腊时光。尤其是《雅各的房间》，无疑是为索比而作的一曲挽歌，因为主角雅各的许多境遇和特质，都与她的哥哥有相似之处。

◀ 雅典卫城　　▶ 索比·斯蒂芬，约1902年摄

▶ 下一页：希腊，埃皮达鲁斯的圆形剧场，约1906年水彩画

参考文献

本书大量援引了其他书籍和文章的内容。以下参考文献除了说明来处外，还有助于那些希望了解更多的读者进一步阅读研究。

Hans Christian Andersen

Andersen, Jens, *Hans Christian Andersen: A New Life*, trans. Tina Nunnally (Duckworth, 2006).

Binding, Paul, *Hans Christian Andersen: European Witness* (Yale University Press, 2014).

Godden, Rumer, *Hans Christian Andersen* (Hutchinson, 1955).

Maya Angelou

Angelou, Maya, *All God's Children Need Traveling Shoes* (Random House, 1986).

Lubabu, Tshitenge, 'Maya Angelou's Meeting with Africa', *The Africa Report*, 16 December 2011, https://www.theafricareport.com/7921/maya-angelous-meeting-with-africa/.

W.H. Auden and Christopher Isherwood

Auden, W.H. and Christopher Isherwood, *The Ascent of F6*, (Faber, 1936).

Auden, W.H. and Christopher Isherwood, *Journey to a War*, (Faber, 1939).

Carpenter, Humphrey, *W.H. Auden: A Biography* (Allen & Unwin, 1981).

Fryer, Jonathan, *Isherwood: A Biography of Christopher Isherwood* (New English Library, 1977).

Isherwood, Christopher, *Christopher and His Kind*, 1929–1939 (Methuen, 1985).

Parker, Peter, *Isherwood: A Life* (Picador, 2004).

Jane Austen

Austen, Jane, *Sanditon*, ed. Kathryn Sutherland (Oxford University Press, 2019).

Cecil, David, *A Portrait of Jane Austen* (Penguin, 2000).

Edwards, Antony, *Jane Austen's Worthing: The Real Sanditon* (Amberley, 2013).

Elborough, Travis, *Wish You Were Here: England on Sea* (Sceptre, 2010).

Noakes, David, *Jane Austen: A Life* (Fourth Estate, 1997).

Tomalin, Claire, *Jane Austen: A Life* (Viking, 1997).

James Baldwin

Campbell, James, *Talking at the Gates: A Life of James Baldwin* (Faber, 1991).

Leeming, David Adams, *James Baldwin: A Biography*, (Michael Joseph, 1994).

Miller, D. Quentin, ed., *James Baldwin in Context* (Cambridge University Press, 2019).

Washington, Ellery, 'James Baldwin's Paris', *The New York Times*, 17 January 2017, https://www.nytimes.com/2014/01/19/travel/james-baldwins-paris.html.

Bashō

Barnhill, David Landis, *Basho's Journey: The Literary Prose of Matsuo Basho* (State University of New York Press, 2005).

Bashō, Matsuo, *Basho's Narrow Road: Spring & Autumn Passage*, trans. Hiroaki Sato (Stone Bridge, 1996).

Bashō, Matsuo, *The Narrow Road to the Deep North and Other Travel Sketches*, trans. Nobuyuki Yuasa (Penguin, 2005).

Downer, Lesley, *On the Narrow Road to the Deep North: Journey Into a Lost Japan* (Jonathan Cape, 1989).

Charles Baudelaire

Hemmings, F.W.J., *Baudelaire The Damned: A Biography* (Hamish Hamilton, 1982).

Hyslop, Lois Boe, *Baudelaire, Man of His Time* (Yale University Press, 1980).

Morgan, Edwin, *Flower of Evil: A Life of Charles Baudelaire* (Sheed & Ward, 1944).

Elizabeth Bishop

Bishop, Elizabeth, *Brazil* (*The Sunday Times*, World Library, 1963).

Bishop, Elizabeth, *The Complete Poems* (Chatto & Windus, 1970).

Goldensohn, Lorrie, *Elizabeth Bishop: The Biography of a Poetry* (Columbia University Press, 1992).

Marshall, Megan, *Elizabeth Bishop: A Miracle for Breakfast* (Houghton Mifflin Harcourt, 2017).

Miller, Brett, *Elizabeth Bishop: Life and the Memory of It* (University of California Press, 1993).

Travisano, Thomas, *Love Unknown: The Life and Worlds of Elizabeth Bishop* (Viking, 2019).

Heinrich Böll

Böll, Heinrich, *Irish Journal* (Secker & Warburg, 1983).

Holfter, Gisela, *Heinrich Böll and Ireland* (Cambridge Scholars Publishing, 2011).

O'Toole, Fintan, 'We Must All Learn the Art of Political Dentistry', *The Irish Times*, 20 April 2019.

Reid, J.H., *Heinrich Böll: A German for His Time* (Oswald Wolff, 1988).

Lewis Carroll

Amor, Anne Clark, *Lewis Carroll: A Biography* (Dent, 1979).

Bakewell, Michael, *Lewis Carroll: A Biography* (Heinemann, 1996).

Carroll, Lewis, *The Russian Journal, and Other Selections from the Works of Lewis Carroll*, ed. John Francis McDermott (E.P. Dutton & Co, 1935).

Cohen, Morton N., *Lewis Carroll : A Biography* (Macmillan, 1995).

Agatha Christie

Burton, Anthony, *The Orient Express: The History of the Orient-Express Service from 1883 to 1950* (Chartwell Books, 2001).

Christie, Agatha, *An Autobiography* (Collins, 1977).

Christie, Agatha, *Murder on the Orient Express* (HarperCollins, 2006).

Martin, Andrew, *Night Trains: The Rise and Fall of the Sleeper* (Profile, 2008).

Morgan, Janet, *Agatha Christie: A Biography* (Collins, 1984).

Wilkie Collins and Charles Dickens

Collins, Wilkie and Charles Dickens, *The Lazy Tour of Two Idle Apprentices. No Thoroughfare. The Perils of Certain English Prisoners* (Chapman & Hall, 1890).

Lycett, Andrew, *Wilkie Collins: A Life of Sensation* (Hutchinson, 2013).

Nayder, Lillian, *Unequal Partners: Charles Dickens, Wilkie Collins, and Victorian Authorship* (Cornell University Press, 2002).

Tomalin, Claire, *Charles Dickens: A Life* (Viking, 2011).

Wilson, A.N., *The Mystery of Charles Dickens* (Atlantic Books, 2020).

Joseph Conrad

Batchelor, John, *The Life of Joseph Conrad: A Critical Biography* (Blackwell, 1994).

Conrad, Joseph, *Heart of Darkness and Other Tales* (Oxford University Press, 2002).

Conrad, Joseph, *Last Essays* (Cambridge University Press, 2010).

Meyers, Jeffrey, *Joseph Conrad: A Biography* (John Murray, 1991).

Isak Dinesen

Dinesen, Isak, *Letters from Africa*, 1914–1931 (Weidenfeld and Nicolson, 1981).

Dinesen, Isak, *Out of Africa* (Random House, 1938).

Hannah, Donald, *Isak Dinesen and Karen Blixen: The Mask and The Reality* (Putnam & Company, 1971).

Thurman, Judith, *Isak Dinesen: The Life of Karen Blixen* (Weidenfeld and Nicolson, 1982).

Sir Arthur Conan Doyle

Booth, Martin, *The Doctor, the Detective and Arthur Conan Doyle: A Biography of Arthur Conan Doyle* (Coronet, 1998).

Brown, Ivor John Carnegie, *Conan Doyle: A biography of the Creator of Sherlock Holmes* (Hamilton, 1972).

Doyle, Arthur Conan, *Memories and Adventures* (Hodder and Stoughton, 1924).

Doyle, Arthur Conan, *The Penguin Complete Sherlock Holmes* (Penguin Books, 2009).

Rennison, Nick, *Sherlock Holmes: The Unauthorized Biography* (Atlantic, 2005).

Ring, Jim, *How the English Made the Alps* (John Murray, 2000).

Sims, Michael, *Arthur & Sherlock: Conan Doyle and the Creation of Holmes* (Bloomsbury, 2017).

F. Scott Fitzgerald

Brown, David S., *Paradise Lost: A Life of F. Scott Fitzgerald* (The Belknap Press of Harvard University Press, 2017).

Churchwell, Sarah, *Careless People: Murder, Mayhem and The Invention of The Great Gatsby* (Virago, 2013).

Elborough, Travis, *Wish You Were Here: England on Sea* (Sceptre, 2010).

Fitzgerald, F. Scott, *The Bodley Head Scott Fitzgerald, vol. ii: Autobiographical Pieces, Letters to Frances Scott Fitzgerald, Tender is the Night and Short Stories* (The Bodley Head, 1959).

Grand, Xavier, *The French Riviera in the 1920s* (Assouline Publishing, 2014).

Meyer, Jeffrey, *Scott Fitzgerald: A Biography* (Macmillan, 1994).

Vaill, Amanda, *Everybody Was So Young: Gerald and Sara Murphy, a Lost Generation Love Story* (Little, Brown, 1998).

Gustave Flaubert

Sattin, Anthony, *A Winter on the Nile: Florence Nightingale, Gustave Flaubert and the Temptations of Egypt* (Hutchinson, 2010).

Steegmuller, Francis, *Flaubert in Egypt: A Sensibility on Tour: A Narrative Drawn from Gustave Flaubert's Travel Notes & Letters* (The Bodley Head, 1972).

Wall, Geoffrey, *Flaubert: A Life* (Faber, 2001).

Johann Wolfgang von Goethe

Goethe, Johann Wolfgang von, *Italian Journey*, 1786–1788 (Collins, 1962).

Hamilton, Paul, ed., *The Oxford Handbook of European Romanticism* (Oxford University Press, 2016).

Reed, T.J., *Goethe* (Oxford University Press, 1984).

Safranski, Rüdiger, *Goethe: Life As a Work of Art*, trans. David B. Dollenmayer (Liveright Publishing Corporation/W.W. Norton & Company, 2017).

Williams, John R., *The Life of Goethe: A Critical Biography* (Blackwell, 1998).

Graham Greene

Butcher, Tim, *Chasing the Devil: a Journey Through Sub-Saharan Africa in the Footsteps of Graham Greene* (Atlas & Co. Publishers, 2011).

Greene, Barbara, *Too Late to Turn Back: Barbara and Graham Greene in Liberia* (Settle Bendall, 1981).

Greene, Graham, *Journey Without Maps* (Heinemann, Bodley Head, 1978).

Sherry, Norman, *The Life of Graham Greene, vol. i, 1904–1939* (Penguin, 1990).

Hermann Hesse

Decker, Gunnar, *Hesse: The Wanderer and His Shadow*, trans. Peter Lewis (Harvard University Press, 2018).

Freedman, Ralph, *Hermann Hesse: Pilgrim of Crisis: A Biography* (Jonathan Cape, 1979).

Hesse, Hermann, *Autobiographical Writings*, trans. and eds. Denver Lindley and Theodore Ziolkowski (Jonathan Cape, 1973).

Hesse, Hermann, *The Journey to the East* (Peter Owen, 1964).

Hesse, Hermann, *Siddhartha* (Peter Owen, 1954).

Varghese Reji, 'An Indian Tale', *The Hindu*, 1 July 2015,

https://www.thehindu.com/features/metroplus/on-hermann-hesses-birth-anniversary-an-indian-tale/article7374743.ece.

Patricia Highsmith

Wilson, Andrew, *Beautiful Shadow: A Life of Patricia Highsmith* (Bloomsbury, 2003).

Wilson, Andrew, 'Italian Holidays: Talent Shows', *The Guardian*, 15 October 2005,

https://www.theguardian.com/travel/2005/oct/15/italy.onlocationfilminspiredtravel.guardiansaturdaytravelsection.

Zora Neale Hurston

Boys, Valerie, *Wrapped in Rainbows: The Life of Zora Neale Hurston* (Virago, 2003).

Duck, Leigh Anne, 'Rebirth of a Nation: Hurston in Haiti', *The Journal of American Folklore*,

vol. 117, no. 464 (Spring, 2004) pp.127–146, University of Illinois Press, https://www.jstor.org/stable/4137818.

Hurston, Zora Neale, *Voodoo Gods: An Inquiry Into Native Myths and Magic in Jamaica and Haiti* (J.M. Dent & Sons, 1939).

Plant, Deborah G., *Zora Neale Hurston: A Biography of the Spirit* (Praeger, 2007).

Jack Kerouac

Charters, Ann, *Kerouac: A Biography* (Deutsch, 1974).

Johnson, Joyce, *Minor Characters* (Methuen, 2012).

Kerouac, Jack, *Selected Letters, 1940–1956*, ed. Ann Charters (Viking, 1995).

Maher, Paul, *Jack Kerouac's American Journey: The Real-life Odyssey of 'On the Road'* (Thunder's Mouth Press, 2007).

Maher, Paul, *Kerouac: The Definitive Biography* (Taylor Trade, 2004).

Miles, Barry, *Jack Kerouac, King of the Beats: A Portrait, London* (Virgin Books, 1998).

Nicosia, Gerald, *Memory Babe: A Critical Biography of Jack Kerouac* (Grove Press, 1983).

Jack London

Kershaw, Alex, *Jack London: A Life* (Harper Collins, 1997).

Labor, Earle, *Jack London: An American Life* (Farrar, Straus & Giroux, 2013).

Sinclair, Andrew, *Jack: A Biography of Jack London* (Weidenfeld and Nicolson, 1978).

Stone, Irving, *Sailor on Horseback: The Biography of Jack London* (Houghton Mifflin, 1938).

Federico García Lorca

Gibson, Ian, *Federico García Lorca: A Life* (Faber, 1989).

Lorca, Federico García, *Poet in New York*, trans. Ben Belitt (Thames and Hudson, 1955).

McLane, Maureen, N., 'On Lorca's Poet in New York', FSG Work in Progress, https://fsgworkinprogress.com/2013/04/18/on-lorcas-poet-in-new-york.

Stainton, Leslie, *Lorca: A Dream of Life* (Bloomsbury, 1998).

Katherine Mansfield

Kimber, Gerri, *Katherine Mansfield: The Early Years* (Edinburgh University Press, 2016).

Mansfield, Katherine, *In a German Pension* (Constable, 1926).

Meyers, Jeffery, *Katherine Mansfield: A Biography* (Hamish Hamilton, 1978).

Murry, John Middleton, *Katherine Mansfield and Other Literary Portraits* (Peter Nevill, 1949).

Tomalin, Claire, *Katherine Mansfield: A Secret Life* (Viking, 1987).

Herman Melville

Allen, Gay Wilson, *Melville and His World* (Thames and Hudson, 1971).

Delbanco, Andrew, *Melville: His World and Work* (London: Picador, 2005).

Gilman, W.H., *Melville's Early Life and Redburn* (Russell & Russell, 1972).

Hoare, Philip, *Leviathan, or the Whale* (Fourth Estate, 2008).

Lawrence, D.H., *Studies in Classic American Literature* (Heinemann, 1964).

Meville, Herman, *Redburn: His First Voyage; White-Jacket, or, The World in a Man-of-War; Moby-Dick, or, The Whale* (Tanselle, G. Thomas, Literary Classics of the United States America, 1983).

Alexandr Pushkin

Binyon, T.J., *Pushkin: A Biography* (HarperCollins, 2002).

Feinstein, Elaine, *Pushkin* (Weidenfeld and Nicolson, 1998).

Magarshack, David, *Pushkin: A Biography* (Chapman & Hall, 1967).

Pushkin, Aleksandr Sergeevich, *A Journey to Arzrum*, trans. Birgitta Ingemanson (Ardis, 1974).

Vitale, Serena, *Pushkin's Button* (Fourth Estate, 1999).

J.K. Rowling

'J.K. Rowling: Harry Potter and Me', BBC Omnibus documentary, 2001, directed by Nicky Pattison.

Antoine de Saint-Exupéry

Cate, Cutis, *Antoine de Saint-Exupéry: His Life and Times* (Heinemann, 1970).

Saint-Exupéry, Antoine de, *Wind, Sand and Stars* (Penguin Books, 2000).

Schiff, Stacy, *Saint-Exupéry: A Biography* (Chatto & Windus, 1994).

Sam Selvon

Bentley, Nick, 'Black London: The Politics of Representation in Sam Selvon's *The Lonely Londoners*', Wasafiri, 2003, 18:39, pp.41–45,
https://doi.org/10.1080/02690050308589846.

Dawson, Ashley, *Mongrel Nation: Diasporic Culture and the Making of Postcolonial Britain* (Michigan Publishing/University of Michigan, 2007).

James, Louis, 'Obituary: Sam Selvon', *The Independent*, 19 April 1994.

Lamming, George, *The Pleasures of Exile* (Allison & Busby, 1981).

Sandhu, Sukhdev, *London Calling: How Black and Asian Writers Imagined a City* (HarperCollins, 2003).

Selvon, Samuel, *A Brighter Sun* (Longman, 1979).

Selvon, Samuel, *The Lonely Londoners* (Penguin, 2006).

Bram Stoker

Belford, Barbara, *Bram Stoker: A Biography of the Author of Dracula* (Weidenfeld and Nicolson, 1996).

Farson, Daniel, *The Man Who Wrote Dracula: A Biography of Bram Stoker* (Michael Joseph, 1975).

Frayling, Christopher, *Vampyres: Genesis and Resurrection from Count Dracula to Vampirella* (Thames & Hudson, 2016).

Murray, Paul, *From the Shadow of Dracula: A Life of Bram Stoker* (Cape, 2004).

Stoker, Bram, *The Annotated Dracula: Dracula*, ed. Leonard Wolf (New English, 1976).

Sylvia Townsend Warner

Harman, Claire, *Sylvia Townsend Warner: A Biography* (Chatto & Windus, 1989).

Warner, Sylvia Townsend, *Letters* (Chatto & Windus, 1982).

Warner, Sylvia Townsend, *The True Heart* (Chatto & Windus, 1929).

Worpole, Ken, 'The Peculiar People', *The New English Landscape*, 6 January 2014, https:// thenewenglishlandscape. wordpress.com/tag/sylvia-townsend-warner-the-true-heart/.

Mary Wollstonecraft

Jacobs, Diane, *Her Own Woman: The life of Mary Wollstonecraft* (Abacus, 2001).

Sampson, Fiona, *In Search of Mary Shelley: the Girl Who Wrote Frankenstein* (Profile Books, 2018).

Spufford, Francis, *I May Be Some Time: Ice and the English Imagination* (Faber, 1996).

Tomalin, Claire, *The Life and Death of Mary Wollstonecraft* (Weidenfeld and Nicolson, 1974).

Williams, John, *Mary Shelley: A Literary Life* (Macmillan, 2000).

Wollstonecraft, Mary, *Letters Written in Sweden, Norway, and Denmark* (Oxford World's Classics, 2009).

Virginia Woolf

Bell, Quentin, *Virginia Woolf: A Biography* (Hogarth Press, 1982).

Fowler, Rowena, 'Moments and Metamorphoses: Virginia Woolf's Greece', *Comparative Literature* vol. 51, no. 3 (Summer, 1999), pp.217–242, Duke University Press, https://www.jstor.org/stable/1771668.

Koulouris, Theodore, *Hellenism and Loss in the Work of Virginia Woolf* (Routledge, Taylor & Francis Group, 2018).

Lee, Hermione, *Virginia Woolf* (Chatto & Windus, 1996).

Pippett, Aileen, *The Moth and the Star: A Biography of Virginia Woolf* (Little, Brown, 1955).

Woolf, Virginia, *Moments of Being: Unpublished Autobiographical*, ed. Jeanne Schulkind (Chatto and Windus for Sussex University Press, 1976).

图片版权

2作者：彼得·福登（Peter Fogden），图片来源：Unsplash；

9作者：瓦切斯拉夫·波莱耶夫（Wjaceslav Polejaev），图片来源：Dreamstime；

11上图，作者：卡洛斯·伊瓦涅斯（Carlos Ibáñez），图片来源：Unsplash；

11下图，图片来源：Niday Picture Library/Alamy Stock Photo；

12作者：安德鲁·平德（Andrew Pinder）；

14作者：维吉尔·索瓦（Virgyl Sowah），图片来源：Unsplash；

15作者：阿里亚德妮·范桑德伯根（Ariadne Van Zandbergen），图片来源：Alamy Stock Photo；

17作者：安德鲁·平德（Andrew Pinder）；

18图片来源：Bettmann/Getty Images；

19作者：Kaiyu Wu，图片来源：Unsplash；

20-1作者：Yang Song，图片来源：Unsplash；

22作者：Ivona17，图片来源：Dreamstime；

25图片来源：Look and Learn/Illustrated Papers Collection/Bridgeman Images；

26 - 7图片来源：Trigger Image/Alamy Stock Photo；

28 作者：阿德里安（Adrien），图片来源：Unsplash；

29 作者：安德鲁·平德（Andrew Pinder）；

32 作者：罗贝尔·杜瓦诺（Robert Doisneau），图片来源：Gamma-Rapho/Getty Images；

33 图片来源：Keystone-France/Gamma-Rapho/Getty Images；

34 图片来源：CPA Media Pte Ltd/Alamy Stock Photo；

37 作者：戴维·贝尔托（David Bertho），图片来源：Alamy Stock Photo；

39 作者：格尔曼·维祖利斯（German Vizulis），图片来源：Shutterstock；

40 - 1 图片来源：Old Images/Alamy Stock Photo；

42 - 3 作者：格扎维埃·夸菲克（Xavier Coiffic），图片来源：Unsplash；

44 作者：安德鲁·平德（Andrew Pinder）；

45 图片来源：BrazilPhotos/Alamy Stock Photo；

48 作者：莱昂纳多·菲诺蒂（Leonardo Finotti）；

49 图片来源：Imagebroker/Alamy Stock Photo；

50 - 作者：里兹比·马祖德（Rizby Mazumder），图片来源：Unsplash；

51 作者：安德鲁·平德（Andrew Pinder）；

54 作者：Ivona17，图片来源：Dreamstime；

55 作者：克里斯蒂安·维迪格（Christian Wiediger），图片来源：Unsplash；

58 - 9 作者：iam_os，图片来源：Unsplash；

60 图片来源：Shawshots/Alamy Stock Photo；

61 作者：Ivona17，图片来源：Dreamstime；

64 - 5 图片来源：robertharding/Alamy Stock Photo；

66 作者：丹尼尔·伯卡（Daniel Burka），图片来源：Unsplash；

68 作者：安德鲁·平德（Andrew Pinder）；

70 作者：加文·德龙菲尔德（Gavin Dronfield），图片来源：Alamy Stock Photo；

71 上图，图片来源：《伦敦新闻画报》/Mary Evans；

71 下图，图片来源：Hulton Archive/Getty Images；

73 图片来源：Granger Historical Picture Archive/Alamy Stock Photo；

74 图片来源：EyeEm/Alamy Stock Photo；

75 图片来源：DeAgostini/Biblioteca Ambrosiana/Getty Images；

76‐7 作者：祖特·莱特富特（Zute Lightfoot），图片来源：Alamy Stock Photo；

78 作者：安德鲁·平德（Andrew Pinder）；

80 图片来源：Apic/Getty Images；

81 图片来源：DeAgostini/G. Wright/Getty Images；

82 作者：Ivona17，图片来源：Dreamstime；

84‐5 作者：马克（Marc），图片来源：Unsplash；

86 图片来源：Hulton Archive/Getty Images；

88‐9 作者：eugen_z，图片来源：Alamy Stock Photo；

90 作者：安德鲁·平德（Andrew Pinder）；

91 作者：迈克尔·香农（Michael Shannon），图片来源：Unsplash；

94 图片来源：Christie's Images/Bridgeman Images；

95 图片来源：Photo12/Universal Images Group/Getty Images；

96‐7 作者：格尔蒂·格尤齐（Gerti Gjuzi），图片来源：Unsplash；

99 作者：Ivona17，图片来源：Dreamstime；

100‐101 作者：奥马尔·埃尔沙拉维（Omar Elsharawy），图片来源：Unsplash；

103 图片来源：Granger/Bridgeman Images；

104 作者：Ivona17，图片来源：Dreamstime；

106 图片来源：DeAgostini/Getty Images；

107 作者：恩里克·费雷拉（Henrique Ferreira），图片来源：Unsplash；

108 图片来源：DeAgostini/Getty Images；

109 阿纳斯塔西娅·罗祖姆娜（Anastasiia Rozumna），图片来源：Unsplash；

110‐11 作者：安朱纳·阿勒（Anjuna Ale），图片来源：Unsplash；

112 作者：Social Income，图片来源：Unsplash；

113 作者：安德鲁·平德（Andrew Pinder）；

116‐17 作者：汤米·特伦查德（Tommy Trenchard），图片来源：Alamy Stock Photo；

117 作者：sjbooks，图片来源：Alamy Stock Photo；

118 作者：Ivona17，图片来源：Dreamstime；

119 作者：亚历克萨·阿萨巴奇（Alex Azabache），图片来源：Unsplash；

122 图片来源：VTR/Alamy Stock Photo；

123 上图，图片来源：Hulton Archive/Getty Images；

123 下图，作者：肯尼希罗蒂（Kenishirotie），图片来源：Alamy Stock Photo；

125 作者：安德鲁·平德（Andrew Pinder）；

127 作者：塞缪尔 C.（Samuel C.），图片来源：Unsplash；

128‐9 作者：莱蒂齐亚·阿戈斯塔（Letizia Agosta），图片来源：Unsplash；

130 作者：伊夫·阿拉里（Yves Alarie），图片来源：Unsplash；

131 作者：安德鲁·平德（Andrew Pinder）；

132 图片来源：Everett Collection/Bridgeman Images；

135 作者：J.B. 赫尔斯比（J.B. Helsby），图片来源：Topical Press Agency/Getty Images；

136 作者：安德鲁·平德（Andrew Pinder）；

137 作者：让·科莱（Jean Colet），图片来源：Unsplash；

138 上图，图片来源：Private Collection/Bridgeman Images；

138 下图，作者：贾森·芬恩（Jason Finn），图片来源：Alamy Stock Photo；

141 作者：罗伯特·戈麦斯（Robert Gomez），图片来源：Unsplash；

143 作者：纳吉·亚武兹（Naci Yavuz），图片来源：Shutterstock；

145 作者：凯蒂·库约翰（Kayti Coonjohn）；

146 作者：斯特凡诺·比安凯蒂（Stefano Bianchetti），图片来源：Corbis/Getty Images；

147 图片来源：Christophel Fine Art/Universal Images Group/Getty Images；

149 作者：安德鲁·平德（Andrew Pinder）；

150 图片来源：Bettmann/Getty Images；

151 作者：扎克·迈尔斯（Zach Miles），图片来源：Unsplash；

152 - 3 作者：库马尔·斯里斯坎丹（Kumar Sriskandan），图片来源：Alamy Stock Photo；

154 作者：萨姆·奥克西（Sam Oaksey），图片来源：Alamy Stock Photo；

156 - 7 图片来源：NatureQualityPicture/Shutterstock；

158 图片来源：ullstein bild/ullstein bild Getty Images；

159 图片来源：Look and Learn/Valerie Jackson Harris Collection/Bridgeman Images；

160 作者：菲尔·基尔（Phil Klel），图片来源：Unsplash；

161 作者：格尔曼·维祖利斯（German Vizulis），图片来源：Shutterstock；

165 图片来源：Peacock Graphics/Alamy Stock Photo；

166 作者：T. 拉蒂谢娃（T. Latysheva），图片来源：Shutterstock；

168 作者：列娜·塞尔迪托娃（Lena Serditova），图片来源：Shutterstock；

170 作者：Artepics，图片来源：Alamy Stock Photo；

171 图片来源：Fine Art Images/Heritage Images/Getty Images；

172 作者：伊恩霍德（thongyhod），图片来源：Shutterstock；

174 沙希德汗（Shahid Khan），图片来源：Alamy Stock Photo；

175 作者：萨拉·埃勒斯（Sarah Ehlers），图片来源：Unsplash；

177 作者：安德鲁·平德（Andrew Pinder）；

178 - 9 作者：米歇尔·伯吉斯（Michele Burgess），图片来源：Alamy Stock Photo；

180 图片来源：Spaarnestad Photo/Bridgeman Images；

181 图片来源：Keystone Press/Alamy Stock Photo；

182 作者：安德鲁·平德（Andrew Pinder）；

183 皮埃尔·贝卡姆（Pierre Becam），图片来源：Unsplash；

186 图片来源：The National Archives/SSPL/Getty Images；

187 图片来源：《每日快报》/Pictorial Parade/Hulton Archive/Getty Images；

188 作者：杰丝·麦克马洪（Jess McMahon），图片来源：Unsplash；

189 图片来源：Private Collection；

192 作者：保罗·威廉斯（Paul Williams），图片来源：Alamy Stock Photo；

193 作者：steeve-x-foto，图片来源：Alamy Stock Photo；

194 作者：安德鲁·平德（Andrew Pinder）；

196 - 7 作者：G. 斯卡梅尔（G. Scammell），图片来源：Alamy Stock Photo；

198 图片来源：Bridgeman Images；

199 作者：丹尼尔·琼斯（Daniel Jones），图片来源：Alamy Stock Photo；

201 作者：安德鲁·平德（Andrew Pinder）；

202 - 3 作者：mariusz.ks，图片来源：Shutterstock；

204 上图，图片来源：Universal History Archive/Universal Images Group/Getty Images；

204 下图，图片来源：Universal History Archive/ Universal Images Group/Getty Images；

206 作者：安德鲁·平德（Andrew Pinder）；

207 作者：帕特·惠伦（Pat Whelen），图片来源：Unsplash；

210 - 11 图片来源：Niday Picture Library/Alamy Stock Photo；

211 图片来源：Bridgeman Images。

写作、旅行与翻译

——译后记

古今中外，作家似乎都偏爱旅行。周朝时期，作家的旅行称得上一项"定制"，名曰"采风"，厥有"国风"。荷马史诗中奥德修斯漂泊十年，终返故里，遂成就希腊圣经。玄奘西游，一路艰辛，乃成《大唐西域记》，展现西域民俗人情，自然风光，更兼催生《西游记》，满天神佛，上天入地。华盛顿·欧文遍游欧洲，写下《见闻札记》，以新美语描画旧欧洲，又写就《睡谷的传说》等，将欧洲故事放在美国之地讲述。奈保尔追寻祖先的足迹，以复杂的情绪和细腻的笔触，完成"印度三部曲"；阿迪加游历欧美后，返回印度，融合自我与他者视角，兼顾现实与虚构，挥就《白虎》等作品，并成功折桂布克奖。苏东坡于赤壁发思古之幽情，陶然于江上之清风，山间之明月。王子安登临滕王阁揽三秋之景，醉情于落霞与孤鹜，秋水共长天。老舍喜欢济南的冬天，沈从文钟情湘西的风景，梭罗独爱瓦尔登湖的幽静。埃德加·斯诺访问陕甘宁边区，写下著名的《红星照耀中国》，向世界介绍了中国共产党、中国红军和中国革命历程。古时车马舟楫、双辕乌篷，今天高铁飞机、网游天下，作家似乎永远在路上。

旅行源于作家的好奇心。作家对异域的探索，不止于复原见闻的游记，否则与旅行指南无异，只能称为纪实文学。作家往往透过他者的眼睛，杂糅对异域的想象性建构，形成笔下的复合体。与其说作家的身体在路上，不如说精神一直在旅行。他们或自行逃离，或自我放逐，或追寻桃花源与伊甸园，身体在空间上位移，精神在时间中穿梭，时空交错中，漂泊于文学的无尽海洋。佐拉·尼尔·赫斯顿去牙买加和海地算得上真正意义上的采风，鲍德温却是不见容于美国，无奈旅居巴黎，才能安心写作。柯南·道尔却因为福尔摩斯太受欢迎而烦恼，在旅途中琢磨为大侦探寻找葬身之处。杰克·伦敦到加拿大是为了淘金，虽然没能发财致富，却找到了创作的金矿；普希金堪称命悬一线，遭到流放时在高加索和克里米亚感受到爱情的召唤；松尾芭蕉的远游如苦行僧，菲茨杰拉德却在法国的里维埃拉安逸度假；福楼拜自以为见过了"真正的东方"，波德莱尔要探访印度却半途而废。"求异"是文学创作的主题，同样也是文学翻译的主题。读者对原创作品和翻译作品有所期待，往往期待开卷能有新的体验。鲁迅先生译文，秉持"拿来主义"，主张"硬译"，"迻译亦期勿失文情、异域文述新宗"，旨在以拉丁语系的语法概念，改造白话文，所以"宁可译得不顺口"，读者能接受多少则接受多少，总起到一些革新鼎故的作用。这就像直接拉着读者的精神去旅行，固然有看不过眼，不能接受的地方，也必有可欣然收下的事物，如看到某地豆腐脑是甜的，读者或大摇其头，但又觉得粽子蘸白糖的确不错，旅行回来也乐于尝试。

英语中翻译的动词形式"translate"源自拉丁词 transferre，本义为是 carry 或 transport，指的是负物移至他处。"trans"有时空变迁之意，而 ferre 除了"负重搬运"外，还有辛劳之义。翻译事业往往意味着艰辛跋涉，促进概念、思想、文化、知识的迁移与再生。《尔雅·释宫》中有云，"路、旅，途也"，《尔雅·释诂》中又称"旅，众也"。可见，旅行既有疏离迁移之意，又有寻路觅途，与众同行之谓。写作与翻译未尝不如此，无论身游神游，尝尽孤独的真谛，品味异域的风采，凝视他者的文化，融合彼此的视域。无论是身体的旅行、思想的旅行，还是文本的旅行、精神的旅行，行者常至。

无论在他乡远方，还是故土家园，有文学、有翻译，就有旅行，就有心与心的交流，就永远年轻，永远热泪盈眶，永远在路上。自我与他者，过去与现在，交汇在时间的海上。翻开本书，随简·奥斯汀在海滨小镇沃辛感受海风，与松尾芭蕉一起云游奥州小道，陪阿加莎·克里斯蒂搭乘东方快车，和柯南·道尔一起在莱辛巴赫瀑布思考福尔摩斯的去留，与菲茨杰拉德在里维埃拉享受日光浴，和 J.K. 罗琳在列车上偶遇魔法灵感……我们一起享受在路上的欢愉，一起回味行者的艰辛，一起寻找文学的真谛。

仲文明于

长沙云麓园

仲文明，中南大学外国语学院副院长，中国英汉语比较研究会副秘书长、中国英汉语比较研究会语言教育与国际传播专委会常务理事、社会翻译学专委会常务理事、中国翻译协会专家会员。担任国内外多家期刊编委或审稿人。主持国家社科基金项目1项，教育部项目1项，参与国家社科、国家863计划子项目横向课题、教育部课题7项。多部入选各类经典译丛，如"桂冠译丛""短经典系列""Open 经典系列"等。

张思琳，广东人，中南大学英语笔译硕士生，曾获第八届湖南省高校研究生翻译大赛二等奖、山东省第六届英语翻译大赛汉译英二等奖等，参与校内外翻译项目多项。

致谢

感谢责任编辑扎拉·安瓦里。感谢执行编辑克莱尔·丘莉不辞辛劳，仔细修订手稿，处理庶务。迈克尔·布伦斯特罗姆也在内容调整和定稿方面提供了宝贵意见，在此深表谢忱。感谢汉娜·诺顿绘制地图和设计封面，本书才可称为地图册。同时也要感谢安德鲁·平德提供的精美插图。

感谢理查德·格林、杰茜卡·阿克斯、凯蒂·邦德以及白狮出版社和奥兰姆出版社的同仁为本书和前期出版的地图册所付出的努力，特别致谢梅洛迪·奥杜桑亚的宣传工作。

感谢大英图书馆圣潘克拉斯主馆、圣詹姆斯的伦敦图书馆、哈克尼图书馆斯托克纽因顿分馆的工作人员和图书管理员。

此外，我还要感谢朋友们，无论是神交的古人、近世的巨匠，还是长眠的故知、今生的挚友。感谢大西洋两岸的家人亲友、我聪慧美丽的妻子埃米莉·比克，还有我们的爱猫希尔达和基特。

特拉维斯·埃尔伯勒（Travis Elborough）被《卫报》誉为"最杰出的流行文化历史学家之一"，英国著名作家和社会评论家。畅销书《消失的地方》获得重磅奖项爱德华 - 斯坦福旅游写作奖的年度插图书，《成为作家：来自伟大作家的随想与建议》已由国内重庆大学出版社引进。